文字烛照未来

TopBook

今后我们还要
日复一日地
度过嘈杂、
温暖的每一天。

鹈野森町妖怪奇谭

鹈野森町

（日）秋水樹 — 著
吴少华 — 译

TopBook 饕书客
陕西新华出版传媒集团　陕西人民出版社

图书在版编目(CIP)数据

鹈野森町妖怪奇谭 / (日)秋水樹著；吴少华译.
—西安：陕西人民出版社，2022.9

ISBN 978-7-224-14542-7

Ⅰ.①鹈… Ⅱ.①秋… ②吴… Ⅲ.①长篇小说—日
本—现代 Ⅳ.①I313.45

中国版本图书馆 CIP 数据核字(2022)第 072658 号

著作权合同登记号 图字：25-2022-110

出 品 人：赵小峰
总 策 划：刘景巍
出版统筹：关 宁 韩 琳
策划编辑：王 凌 张启阳
责任编辑：王 倩 武晓雨
封面插图：忒色西安
装帧设计：哲 峰

Top Book
饕书客

鹈野森町妖怪奇谭

作　　者　(日)秋水樹
译　　者　吴少华
出版发行　陕西新华出版传媒集团　陕西人民出版社
　　　　　(西安北大街 147 号　邮编：710003)
印　　刷　陕西隆昌印刷有限公司
开　　本　787mm×1092mm　32 开
印　　张　6 印张
字　　数　90 千字
版　　次　2022 年 9 月第 1 版
印　　次　2022 年 9 月第 1 次印刷
书　　号　ISBN 978-7-224-14542-7
定　　价　35.80 元

如有印装质量问题，请与本社联系调换。电话：029—87205094

出场人物介绍

鹌野森町妖怪奇谭

小樱

暴风雨之夜，幸遇梦路相救，从此寄居在鹌野森神社的灵兽。据小樱自称，它在猫妖界级别颇高，已存活150多年，见多识广，爱吃猫粮罐头。

朝雾梦路

当地高中高二学生，鹈野森神社独生子。因在一次社团活动的事故中伤及他人而深感内疚，从此迷失了前进的方向。暴风雨之夜，小樱滚落神社，梦路与小樱相遇，由此启动了自己一度停滞的成长历程。

日野咲

梦路的同班同学。一般都认为她是一个性格文静、高傲，行事独来独往的冰美人，而在她冰冷的外表下却有一颗复杂的心。由于她过去莫可名状的因缘，鹈野森町的某个妖怪重新觉醒。

目录

序　幕

直到此刻，一切仍像昨天发生的事情一般，令我记忆犹新。他的眼眸中透着幼稚，尚不能彻底观察整个世界，甚至搞不清楚自己身处何种境况。他只顾凝望天空，继续等待着不归人。

那双手还很稚嫩，连伸向他人的力气都没有，也抓不住任何东西。那天，他一直抱膝孤独而坐，我之所以去牵他的手，一方面是出于负疚感，毕竟他的一切遭遇很大程度是因我而起；另一方面则是源于我的焦虑，因为故友把一切都抛给了我，我不能眼见她留下的骨肉身处困境。我在心里不断地告诉自己："如果孩子不开心，她会难过的。"

"你是谁？"

"我是谁无所谓。来，拉住我的手。这样我就可以牵着你。早晚有一天，你的手也会拉起别人的手。现在，抬起头来！"

"嗯。"小男孩带着一丝踌躇握住了我的手，可他的手很无力。然而，却十分温暖。

我飞快前行，疾驰在空中。穿过这片雨云，阔别十年的那个小镇就在眼前。见到他该说些什么呢？对方肯定不记得我了！不过这都没关系。因为在那个我朝思暮想的小镇，我又要与他重逢了。

第一章　猫妖

1

十数年不遇的这场夏末台风，突然改变走向袭击了我所居住的小镇。

此刻，隔着教室的玻璃窗，台风肆虐的情景映入眼帘：校园里被压弯的树木、折断的残枝碎叶，翻江倒海一般，像是要把整个校园吞没。

刚刚还传来几声震耳欲聋的雷声，我觉得这种天气要是还有人在户外走动，那一定是脑子出了问题。而对于学校没有在今天早晨做出停课决定这一点，我也感觉有些奇怪。

“唉，这下明天得先打扫操场，肯定没法训练了。”足球部的高桥悟一屁股坐在我旁边的空位上，垂头丧气地说。

“刚才岛崎也给我发消息了，说‘电车停了，雨太大，想回家也回不去，只好待在汉堡店里’。”他接着说。

“今天来上学的，差不多都是家住镇上的吧？你家那么远，得骑自行车，居然也跑来啦!”我不由得夸起了阿悟。

钟表的指针已经快指向 11 点，而来校的学生却寥寥无几。今早 7 点起，雨势越来越猛，电车接二连三地停运，导致平时坐电车上学的学生都无法前往自家附近的车站乘车。而现在能来学校的人，大多要么是走路，要么是从附近骑自行车或坐公交车上学的。

打眼看过去，班里来上课的同学恐怕连三分之一也没有。即便如此，第一节和第二节也都上了自习课，学校广播刚刚才播放了临时停课的通知。可是，这种天气就算让人回家又怎么回得去呢？只好先待在学校，等风雨稍微平息后再离开是唯一的选择。

“队长昨天发消息说‘明天晨练，到体育馆集合’，害得我连滚带爬地跑来了，可算上我才来了四个人！队长他自己都没来。”阿悟冲着天花板嘟囔着。

“哎呀，那你太可怜了。”我苦笑了一下。

阿悟转过身对着我，面部表情变得有些严肃。“我说梦路……”

“嗯？”

“你还不打算重返社团活动吗？”

对他冷不防抛出的这个问题，我内心感到一阵痛楚。映在眼底无法消失的那一幕情景又重新浮现在我的脑海中：倒在地上一动不动的对方队员，还有一时摸不清状况只能目瞪口呆盯着自己双手的我。一直以来我努力想要回避的记忆，此时令我感到心跳明显加快。那就是，当天我从胜利的喜悦和失败的悔恨泪水中逃离出来，丢弃在升腾的阳炎①背后的那段记忆。

“我觉得对方在比赛中受伤纯属事故，你不能总是迈不过去这个坎儿呀！”阿悟接着说。

那是在夏季全国体育大赛空手道地区预选赛的四分之一决赛上发生的意外事故。说得更准确些，是在比赛进行过程中发生的事故。因为误使对方身负重伤，我吓得放弃比赛，逃也似的离开了赛场，从此便再也没有在社团活动中露过面。

“足球的碰撞也很激烈，也会出现某方队员受重伤的情况，可受伤的人并不会怨恨对方呀！”

我知道阿悟这是在宽慰我。本来确实如此，不光是武术类比赛，所有体育运动都一样，我头脑中自然也很想这样去理解。

“谢谢！我打算等心情调整好后就回去。”可话虽如此，已经过去了两个多月，我还是无法做出这个决定。

“在家你也跟爷爷学着传统武术什么的吧？可别让你的技术废了，不然太可惜啦！”阿悟又补充说。

“我知道。”我随口应付。

“反正得由你自己拿主意，多余的话我也不说了。”阿悟不再说什么，重新把视线落在手机上。

① 远处地面炎热导致光线像火焰一样跳动的折射现象，物体看似在晃动，一般在春季或夏季出现。

“高桥同学，你坐的是我的座位。”不知什么时候，一个女生站在了我身后，浑身上下淋得像落汤鸡一样。

“天哪，日野同学，你这是冒着大雨过来的吗？真有毅力啊！”阿悟一脸惊讶地站起身来。

来的学生叫日野咲。她是我的同班同学，怎么说呢，感觉少言寡语。平时看起来似遮非遮眼睛的刘海儿，被大雨这么一淋，已经完全垂落下来，挡住了她的视线。

她是一个沉默寡言的人——不知道是不是应该这么说。她不会像同年级一些女生那样浓妆艳抹招摇过市，但也不会跟老实本分的乖乖女们组成小集团。

从第一学期开始，她自始至终保持着一种独特的气质。

“能让一下吗？”日野没有搭理阿悟的话，而是催他离开。

“哦，哦，不好意思。”阿悟慌忙离开座位，接着又在我身后的那个空位上坐了下来。

日野坐进自己的座位，从书包里取出毛巾，一边擦拭头发，一边看了一眼空荡荡的教室，喃喃自语：“人好像来得不多呀。”

“你说什么？哦，这鬼天气，坐电车上学的全都无法到校，前两节课已经上了自习。而且，学校刚才已经宣布停课了。可这么大的风雨，想回家也回不去呀！”阿悟急忙抢着搭话。

“哦，这样啊。”听完这些话，日野丝毫没有感到惊讶，她拿出课本开始自习。

过了中午，尽管风雨还是十分强劲，可阿悟硬是说“雨已经小了些”，于是他强撑着蹬上自行车回家了。我劝他等雨势减弱一点再回去，反正到家也不想学习，可他说明天休息，想趁今天把新游戏打熟。

天气恢复正常已经下午快4点了，雨小了，可以回家了。我刚好把带来的一册文库本书看完，想着差不多也该回去了，于是开始收拾东西，这才注意到教室里只剩下我和日野。日野自打刚才开始就一直在认真自习。

“日野同学，雨已经小了，我准备回家了。”我话音刚落，只见她嘴里一边嘟囔“呀，已经快傍晚了”，一边急匆匆地收拾好书本和笔记，离开了教室。

虽然在同一个班已经半年多了，可对于日野这种特有的节奏，我还是难以理解。

说实话，我很少有机会跟她搭话，而她的性格更是不会主动与班上同学一起做些什么，所以这也难怪。话虽如此，她并非断绝了与周围的一切联系，她也会恰如其分地回答问题或者至少有所表示，因此也看不出她有什么特别孤僻的地方。从这个意义上来说，日野只是一个比较奇怪的学生。

我走到楼下一看，发现刚才跑出教室的日野正站在门口呆呆地仰望着天空。

“还不回家吗？”换好鞋后我问了一句，日野从包里拿出折叠伞，“啪”的一声撑开了。

“上午下暴雨的时候，难不成你是打着折叠伞来的？”我不禁又问道。

那把伞的伞架已经变形，根本不成样子了。

“塑料伞太容易坏了。”她终于开口说话。

要这么说，也确实如此。看看外面，雨虽然已经减弱，可我觉得无论如何仅靠这么一把散了架的折叠伞回家太不现实了。

“再见！”

“喂，等等，你就打着它回家吗？”看日野举着已经变形的雨伞走了出去，我急忙叫住她。

倘若换成擅长体育的阿悟，这么玩儿命搏一下也就算了，可一般同学这么做恐怕真吃不消。“等一下。”我从包里掏出一把折叠伞，交到日野手中。“我是打着长把儿伞来的，这个你用吧。”说完，我举起被早上的暴风吹弯了的长伞，快步走出了教学楼。

2

我家住在北鹈野森町的小山丘上。走过那条充满昭和特色的古香古色的商店街，穿过鸟居，踏上通往山丘的台阶便到达鹈野森神社，这里就是我的家。当神官的祖父和做事稳健的祖母，还有我，三个人一起生活。

要是搁平时，这个时间就能看见来爷爷开设的武术班上课的孩子们跑上台阶的身影，而今天由于台风停课的缘故，通往神社的台阶显得冷冷清清。

忽听“嗵”的一声响，我看见位于台阶半中腰的鸟居下面，似乎有一个圆滚滚的东西。应该不会有人跑到这种地方来乱扔垃圾，我战战兢兢地靠过去，心里暗自犯嘀咕：“……是猫？”雨还在下，虽然未到日落时间，可天色着实变得昏暗。尽管看不清远处，但我肯定看到的是一只猫。浑身乌黑的毛，被雨淋得蜷缩成一团。可再怎么说这里也不是可以避雨的地方。

“猫咪，你在这儿干什么呢？”听到我打招呼，黑猫瞥了我一眼，但很快又垂下了头。我还是觉得哪儿不对劲，便小心翼翼地抱起了这只并不打算逃跑的黑猫，这时感觉到手抱着它的地方滑溜溜的。“是受伤了吗？”可能是遭到了野狗什么的袭击，它的侧腹部和后脚爪都渗出了血。

“这，要不要紧呀？”我有些不知所措。附近没有宠物医院，要坐公交车去车站前才有一家。

“能不能先紧急处理一下呢？”我暗自思忖。既然看见了就不能置之不理。要是放任不管，万一猫死了，那晚上做梦都会害怕。

于是，我抱着冻得浑身发抖的黑猫，急忙冲进了家门。“奶奶！奶奶你在吗？”我没顾上脱鞋就扯着嗓子喊叫。

“哟，梦路！一回来就大声喊，这是怎么啦？”奶奶——朝雾洋子从客厅里探出头来。

“奶奶，你看这个。它在鸟居那边受伤了。”

“哎哟哟！可不得了！”奶奶凑近那只受伤的猫，目不转睛地盯着它的脸。

“怎么了？”我好奇地问。

“嗯，总感觉好像在哪儿见过，可能是心理作用吧。看我这人，真是上岁数了！”奶奶随口答道。

“就是，黑猫到处都有。那它现在怎么样？”我有些迫不及待了。

“嗯，被雨淋得冻僵了，看样子消耗了很多体力。伤口好像不是太深，可要是不消毒，化了脓就可怜了。梦路，你去烧点水。再从厨房架子上拿几条新毛巾过来。”

“好，好的。”奶奶接二连三发出的指令，让我一时间忙乱得团团转。

奶奶任何时候都能保持冷静，而且思维非常敏捷。到了这个年纪照样腰杆挺得笔直，皮肤的色泽更是说她 40 多岁都有人相信。奶奶对猫的紧急处理十分恰当，不一会儿工夫就完成了消毒和止血。“这样差不多了吧。”奶奶舒了口气。

猫咪呼吸均匀，似乎已经睡着了。

“还好，腹部的伤口不太深。来吧，我要做晚饭了，给我搭把手行吗？”奶奶都这把年纪了，居然还卖萌对我眨眼示意，也不知道她是从哪里学来的。

“谢谢奶奶。”我苦笑了一下，给睡在坐垫上的黑猫盖上毛巾，就跟着奶奶进了厨房。

“接下来，梦路，那只猫，你要养吗？”爷爷边吃晚饭边问我。

朝雾宗一郎，鹈野森神社的神官。年轻时好像在传统武术界还算有点名气，如今一边主持神社祭祀，一边开班给附近的孩子们传授武术。

爷爷是个思想老派、对礼数要求严格的人，可奇怪的是武术班的孩子们却好像都很喜欢他。

“嗯，那个，我还没想那么多。”我一时不知该怎么回答。

“混账！”爷爷厉声喝道。难道是我说错话了吗？爷爷为人耿直，表里如一，他应该不会因为我救了一个活物就如此发怒。“要是没有做好一直照顾它的思想准备，就不要插手它的自然生死！”爷爷的口气十分严厉。

“哦，对不起！”

“你给我道个什么歉！我的意思是说，按道理，你要是不救，那只猫可能会在外面衰弱而死。而你既然出手相救，至少要对它的生命负责。要管就不能只是随便同情一下，然后再随手甩出去，而是要一直照顾它到最后。”爷爷是希望我担负起救助后的责任。

“真够烦的，宗一郎，上了年纪你怎么变得这么爱抠死理儿！”奶奶想劝劝爷爷。

“没事儿，奶奶，是我不好。我确实没想那么多。我会好好照顾它的。”说着，我抚摸了一下裹在毛巾里睡得正酣的猫咪。

吃完饭，我抱起猫咪回到了自己的房间。先拿出两条浴巾，一条铺在我的床上，上面放猫咪，再把另一条浴巾盖在它身上。

“今天就先这么凑合一下吧。”我隔着盖在上面的浴巾轻轻拍了拍，只听“喵”的一声，传出了一声轻柔的猫叫。“哟，吵醒你啦。抱歉啊！”

猫咪瞅了瞅周围的环境，又看了看我的脸，接着好像注意到了自己的伤口，随后又将目光移向我，“喵”的叫了一声。

“没事的。明天我休息，保险起见，会带你去趟医院。”我轻轻地摸了摸猫咪的头，它蜷成一团，闭上了眼睛，似乎对我毫无防范。

明天是假日，还不知道上午能不能带它去成医院。我上网确认了宠物医院的门诊时间，然后关灯钻进了被窝。

我没养过猫，所以可能还是顺便去趟宠物商店，看看猫粮、猫咪用厕所之类的必需品比较好。它的脖子上没有戴项圈，很可能是只野猫，这样一来就得教会它如何上厕所。

“这下可够我忙的。”我无意中随便嘟囔了一句，说实话心里倒是有些轻松了。

已经两个月没有参加过社团活动，在家里武馆训练的次数也逐渐减少，对我而言，时间多得有些用不完。或许我可以拿这件事当作一个堂而皇之的借口，让已经无法迈步向前的我自欺欺人地继续装模作样下去。

我面朝天花板，伸出手，目不转睛地盯着看。可是，不管我怎么看，也无法消除心中的疙瘩。我暗暗提醒自己：“要是连自己的内心都无法面对的话……”不行，我已经无法正常思考，今天该睡了。听着猫咪轻微的呼吸，我几乎是硬逼着自己闭上了眼睛。

感觉痒痒的。刚才觉得脸上好像有什么毛茸茸的东西扫来扫去。这东西到底是什么？我总算把沉沉的眼皮睁开了。

“怎么是你！”

脸上被毛茸茸的尾巴没完没了扫个不停，难怪会醒。我不得不坐起身，发现猫咪卧在被子上直勾勾地瞧着我的脸。

我摸了摸它的头，它好像觉得这样蛮舒服，眯起眼睛伸了个懒腰。“你还真通人性，以前真的是只野猫吗？”我喃喃自语。

不管怎么说，它比我想象中要灵活多了。多亏奶奶处置有方，照这个情形它应该很快就能痊愈。“可是……”精力充沛自然是好事，怎么也不看看现在是几点钟呢？透过窗帘的缝隙，我看见外面只是蒙蒙亮。瞅了一眼闹钟，刚过5点。

“这么早，就算起床也无事可做呀。”宠物商店还没开门，宠物医院也得等到10点才能开始营业。刚过5点，这个时间恐怕连爷爷都还没起床呢。不管怎样，我还想再睡一会儿。于是又“扑通”一声倒头躺下，硬是闭上了眼睛。

“呀，烦人！猫咪，让我再睡一会儿！”脸上又觉得痒痒的。睁开眼睛一看，果不其然，还是那条毛茸茸的尾巴在我脸上扫来扫去。距离它上次扫我，恐怕只过了30分钟。怎么啦，怎么回事呀！这不管一下可不行。

我起身盯着猫咪的脸说：“放假也要把人一大早叫醒，你是我妈吗？”

“嗯。我是带着伴侣般的爱意想要叫醒你。”

“你说谁？什么时候你成我妻子啦！我不过昨天才碰上你而已。”

“没想到主人你还这么不成熟！”

“啊——啊——！”

我的喊声响彻了清晨的鵺野森神社。

3

“梦路，一大早大喊大叫可不好。”我惊慌失措地抱着猫咪从楼梯上跑下来，在客厅与奶奶撞了个正着。奶奶用食指戳着我的脑门儿责备我，可我根本顾不上听她说话。

“不得了了！”我伸手把猫咪放在奶奶面前，急促地说道：“这小东西会说话！”

奶奶瞅了瞅我，又瞧了瞧猫咪，格外淡定地说道：“好啊，你们能相处得如此融洽是好事呀。”

“不是你说的那样，它说话了。说的人话！”我急忙解释。

“哟，那它说什么了？”奶奶有些半信半疑。

“嗯，不是，那个什么，说什么伴侣呀，我不成熟什么的。”

“你都没谈过恋爱，怎么冷不丁说起什么结婚了呢，我都有点担心你啦！”不行，我觉得这样和奶奶说下去可不是办法。奶奶这个人任何时候都悠闲自在，什么事情都能接受。可再怎么说，这件事她也太满不在乎了吧。

我目不转睛地盯着猫的脸，催促道：“猫咪，快说点什么！”

“梦路，你不要对受伤的小猫说话那么厉害嘛。”奶奶急忙制止我。

“可是！猫咪！说人话！这难道不奇怪吗？”我几乎是边

喊边说。

“主人，说话声音过大血压会升高的!”猫咪终于张口说话了。

“你居然这么流利地……”还没等我说完，奶奶就饶有兴趣地说：“嘿哟，还真说话了。”

“看吧，说了吧！刚才确实说的日语。”我迫不及待地向奶奶证实。

“真是有年头没有见过猫妖了。”奶奶像是颇有感慨的样子。

“什么?”我有些丈二和尚摸不着头脑。

奶奶毫无戒心地抚摸着黑猫的头念叨说：“你可真是个大美人。”

猫咪说日语这种事情，是用一句“挺少见”这样的话就能随随便便搪塞过去吗？难道是我的意识有问题？

“那个，奶奶你见到猫咪说话，难道这不是第一次?”

“嗯，是的，小时候有过一次，大概十年前又有一次，这回算是第三次吧。”奶奶平静地回答。

第三次？什么时候开始我家居然成了妖怪出入的地方。

“那什么，嗯，那只猫妖，没事儿吧?”我继续追问。

“你说的‘没事儿’是指什么?”

“我是说，会不会伤人之类的。”我胆战心惊地这么一问，奶奶又戳了一下我的脑门儿，说：“梦路！任何一只猫咪，要是被惹怒了，都会又咬又抓的吧?”

说的倒也是，可是……

“况且这只猫咪喜欢你，不是吗？我可不想把你培养成一个对他人的好意不屑一顾的人。”奶奶显得有些严肃。

“对不起！”挨了奶奶的骂，我赶忙道歉。

“母亲大人，主人毕竟是现代人，对妖怪的事情不甚了解也情有可原嘛！”猫咪从中解围。

“哎哟，小猫咪，你叫我母亲大人我很高兴，不过我可是梦路的奶奶哦！”

“哎呀，那太失礼了。您看上去太年轻了，我想肯定是妈妈呢！”

“好难为情啊！”

她们两个居然已经如此融洽了。

“小猫咪，你叫什么名字？”

“名字……嗯，我已经当了很长时间猫妖，而在此之前做普通猫咪的时候也没什么亲人，所以并没有正式的名字。成了猫妖后，我得到的名字是……小樱。”

“噢，这名字真好听！”应该是取自樱花之意吧。

“小樱，我是负责操持这座神社的，我叫朝雾洋子。”

“那我就叫您洋子夫人。”

“好啊，小樱，那多关照！”

“哪里哪里，请您多照应！”

在我惊得目瞪口呆的这会儿工夫，她们好像已经将一切都谈妥了。从它和奶奶的对话情景来看，它应该不会对人有什么伤害，估计没危险。

“你们一大清早起来这是干什么呢！”冷不丁传来了爷爷

的声音，这下可麻烦了。他可不像奶奶那样什么都满不在乎，我们在这里闹腾肯定要惹祸。

“啊，那个，爷爷，早上好。是因为昨晚捡到的那只猫咪，一大早就开始叫唤，我在想要不要给它找点儿什么吃的……”我吞吞吐吐地想把事情含糊过去。

“哦，这位是主人的祖父大人吧！”猫咪又张口了。

“这下完了！”爷爷要是知道就麻烦了，所以我本想赶紧把他支开，可猫咪这家伙一说话，害得我前功尽弃！毕竟猫咪就在他跟前说话，无论如何也无法蒙混过关。要是他发号施令让把猫咪除掉，那谁都拦不住。

“你说什么要完了我不管，可是一大早你也太吵了。要是有劲儿没处使的话，就去武馆练一会儿怎么样？”

怎么？难道爷爷听不见？

“我去打扫院子，快去做早饭。”说完，爷爷就离开了。

“爷爷是耳背吗？”

“才不是呢，怎么会！”奶奶忙说。

“能把我说的话听成人话的，仅限于道行深厚、有神灵法力的人。”小樱补充说。也就是说爷爷只是把猫咪说的话听成了普通的猫叫而已。

“算了，没出问题也好。”我总算舒了口气。

“这样不是挺好吗？好啦，我要去做早饭了。”奶奶已经理顺了头绪，径直进了厨房。

客厅里只剩下对这急转直下的变化一时间脑子转不过弯儿的我，以及得到了奶奶的许可、摆出一副要久留此地姿态的黑猫小樱。

“主人，我还想在被窝里悠闲地待一会儿。”

最终，由于时间尚早，我们回到了自己的房间。小樱呢，在我的枕头上安营扎寨，捋起毛来。我反而只能坐在榻榻米上，看这情形都有点搞不清楚谁是这房间真正的主人了。

“喂！”

“什么事？”

“我想问的事多得数不清，不过先问一下，伤没事儿了吧？”说实话，尽管奶奶昨天做了紧急处理，可毕竟它是腹部渗出了血，所以我有点担心。

“哟，主人，你是在为我担心呀！”小樱的尾巴啪的一下有所反应。

“别开玩笑！你当时不是腹部出血了嘛！”

“嗯，多亏洋子夫人治疗，比昨晚好多了。总算和主人你可以正常交流了。”

的确，昨晚只能听到普通的猫叫，大概原因就在于此。

“不过，由于消耗了太多气力，我作为猫妖的神通法力似乎多半还不能发挥出来。”

“神通法力是什么？”感觉直接就进入了奇怪的话题。

“比如在空中奔跑啦，念句咒语让物品挪来挪去啦。”

“这样会引起骚乱的，还是算了吧！”要是真出现神社里养的猫在空中飞奔的事情，那可不是闹着玩儿的。

“如果要变身成人的话，我绝对可以出落成倾国倾城的大美女！”

“我才不需要什么‘倾国倾城’！你把别人都想成什么了？”

小樱不由得拉长了脸。不知道这家伙从哪里学来的这种发怒方式。

“你究竟为什么会躺在那个地方呢？要是一般猫咪的话，我会理解为可能是遭到了大狗的袭击。”

“嗯，我在小镇上空遭遇雷击，失去了法力，恰好摔落在这座神社的鸟居下面……大概情况就是这样。”

挨了雷劈还能活着，这本身就很不寻常，而能说人话这一点也非同一般，所以，我觉得对它所说的话表示怀疑是毫无意义的。

“刮台风的时候不能在空中乱飞呀！不管怎么样，你的伤还没有痊愈，一会儿咱们就去车站前的宠物医院。反正还得买很多东西。”说着，我开始上网查询养猫的必需品。

“去医院对我来说还是第一次，所以稍微感到有些不安，不过既然以后要在这个家叨扰，也只能听你的了。”

我走下神社的楼梯台阶，把小樱装进自行车的前车筐里。“带着猫咪坐不成公交车。我会给你铺个垫子，你得忍着点儿自行车的颠簸。”

“哦，这还不错。”

在旁人看来可能会觉得非常奇怪，可这种情况下我不得不缓慢地蹬着自行车。

昨日暴风雨肆虐，路上到处散落着折断的树枝，天空万里无云，微风吹得人神清气爽。冲下坡道进入了商店街。这个时间大部分商店都还没有开门，昨天的暴风雨把店铺门前吹得乱七八糟，时不时看见有熟人在清扫垃圾。

“叔叔，早上好！”

“哦，是小梦啊，这是要出去？”

“去一趟车站前。”我一边跟菜店的叔叔打招呼，一边骑了过去。

“还不错嘛。听说现在的孩子都不好好跟人打招呼，主人你可不一样啊！”

现在的孩子还是会跟邻居打打招呼的吧。“哦，这一带很早就是老商店街，而且我家神社搞祭祀活动时经常能见到一些商会的人，所以都认识。”我耐心地向它解释。

阿悟家住在鳞次栉比的新兴住宅的高级公寓，他来我家玩耍时好像就说过“感觉氛围不一样”之类的话，可能这里的确有一种古香古色的气息。

接着又碰到了肉店女主人和咖啡馆店主，我跟他们一一打过招呼后就顺着国道朝市区骑去。

鹅野森地区由东、西、南、北四个小镇组成。我家住在北鹅野森，学校在西边，横跨国道的铁路沿线在东边，南边就是车站周边。车站对面那个叫“鹅原”的区域就是近二十年开发建成的一个庞大的新兴住宅区。

“这一带还是主人家附近感觉最舒服呀。”小樱环视四周后感慨道。

“是吗？你明明是个妖怪，居然还觉得神社最舒服，可真够奇怪的!”我半开玩笑地说。

“让你尝尝这个!”这家伙故意探出身,“咔嚓”一声抓了一把我的右手。

“好疼!别挠我的手呀,多危险!”我不由得叫喊起来。

“虽说都叫猫妖,可我是仙狸,算是灵兽。我要是没受伤,驱除恶鬼可是我的拿手好戏。我可不想让你把我视同于法力全无的猫妖。”

说起灵兽,莫非是指神社前的石狮或者五谷神中的狐仙?感觉好烦琐啊!

“哎呀,是不是因为主人太年轻了?难道还不太了解有关妖怪的知识?今后我会花点儿时间给你讲讲的。”

“我对那方面不太精通,不知道还有那么细微的差别,不过,我知道一个能让猫咪变老实的方法。”我停下自行车,在路边拔了三根狗尾草,将它们绑在车筐上。

“嚯!嚯!嚯!”我又开始蹬自行车,狗尾草像毛刷一样随着微风及自行车的颠簸轻轻摇曳,小樱忍不住忽左忽右不停地摆头,急忙将爪子伸出来,喊道:“主人,这招数,对灵兽,可有些,失敬啊!”

“抵达目的地前你跟它玩一会儿。”我心里偷着乐。

小樱在车筐里一边叫嚷一边开始跟狗尾草嬉戏,我则一边开它的玩笑,一边稍微加快了速度。

宠物医院的检查结束了。不知道是因为奶奶的处理起了作用,还是灵兽的自愈能力超强,总而言之,按照医院的检查结果,小樱的伤势似乎已无大碍。

我再次把小樱放进自行车筐，向鹈原骑去。鹈野森町没有专门的宠物商店，不过，铁路对面的鹈原新区却有一家大型购物中心，里面好像有家宠物用品店。

虽说就在当地的车站跟前，可我从来没有走进过这家商城。因为只买日常生活用品的话，我家那边的商店街基本都能买到，而要和学校的伙伴们出去玩耍的时候，基本上大家就坐电车直接去市中心了。一会儿去走马观花地转一圈儿应该也不错。

“主人，你究竟要买什么？”

“你的各种生活用品呀，挺花钱的呢。”养宠物可不是随便买点饵料食物就万事大吉的。

当然，猫妖能不能算作宠物还是个问题，不过，目前它作为一只会说话的猫咪，要在我家长住下去，理所应当就需要生活用品。

“我立志要成为能干的妻子，你不用太为我操心！”小樱信心十足地说。

先不说能干不能干，我觉得猫咪嫁人这件事本身就很离谱。

“你要住在我的房间就得有猫厕所用吧？”

“噢噢……被你当面这么一说，我都有些不好意思啦！”

“这有什么嘛……人类之间，这不是什么值得害臊的话题呀。”

“希望你对异性说话注意措辞！”小樱显得一本正经。

昨天还是一只野猫，今天跟它提起买厕所的事，它居然还指责我不够优雅。

“那好，我要去这家店里买东西，你就在这儿等着我。”我把自行车停在宠物用品店门口，准备进店时，小樱跟在我身后，于是我告诉它在外面等候。

“怎么带我来又把我扔在外面?”

“你别这么说呀，没装在笼子里的猫咪是不能带进店里的。”

“哎哟哟!”小樱故意缠着我不放，我在它头上砰砰敲了两下，走进店里。

赶紧让店员把我选好的东西结一下账，我是这么想的，可是——

“朝雾同学，你怎么在这儿?”店员是日野咲。

“哎，我还想问你呢。日野同学，你在做什么?”

“打工。”

“哦，是这样啊。”

可能是感到意外，或者怎么说呢，因为平时她在教室里几乎不说话，而眼前见到的她竟然在小卖店里接待顾客，我有点没法把二者联系起来。

不过，教室里的她，不算是那种性格沉闷不开朗的，而是给人一种高冷的感觉，所以看样子工作还比较得心应手。

“那么，朝雾同学，你在干什么呢?”跟我说了这么一阵子话，她的表情仍然没有一丝变化。看来我还是适应不了她这种性格。

“啊，那什么，我捡到了一只猫。那个，昨天晚上。所以，我来买点东西。”

“猫？”日野突然就凑到了我眼前。“朝雾同学，你养猫？”

太近了，离我的脸太近了。我不由得将上身朝后仰。怎么了这是，她怎么突然这么起劲儿。“是，是的。捡了一只受伤的猫咪，我奶奶大概治疗了一下，它好像打算在我家长住下去。所以没办法，我刚才带它去了医院，然后想再买点需要的东西，就来了这里。”

“猫咪在哪儿呢？”

我用手指了指端坐在店门口，眼巴巴瞅着这边的小樱。

“像是送快递的猫咪一样。”

“嗯？”

“没什么。”日野与小樱的目光隔着商店的自动玻璃门碰撞在一起。片刻沉默后，她说：“稍等一下。”于是朝货架走去。

小樱目睹了这一切，开始咯吱咯吱地用爪子抓挠店门，我只得把门打开。“你已经有我了，那女的算怎么回事！”她立刻开始兴师问罪。

“她是我同学！我还想问你是怎么搞的呢！”

“主人，你不觉得对我有些冷淡吗？”

我把朝我靠过来的小樱重新放回店外，让它坐好，然后关上了门。小樱带着满腹怨气，又开始咯吱咯吱地抓挠，我装作视而不见。不一会儿，日野从货架区抱来各式各样的东西。

“怎么这么多?”看着她把一大堆商品放在柜台上，我有点担心自己带的钱不够用。

“猫厕所、猫砂、猫粮、项圈。还有这个。”说着她拿出了一个比帆布手提包还要大两圈的东西。

“这是?”

“太空舱宠物包。可以把猫咪装进去。”

我想象着自己怀抱巨型宠物包，小樱从里面探出头来的样子，立刻感觉特别愚蠢。“这种宠物包是那些打扮漂亮入时的女大学生拿的，我提着是不是有点……”

“你如果不带它出门自然不需要，可要是像今天这样带出来的话，还是要有一个宠物包或者提袋什么的比较方便。”

我被日野不容分说的这种口气压倒了。“呃，那好吧，有了这一整套就够了吗?”

“没问题。”

嗯，这可能是一种很好的营销方式。总之，我没有养过宠物，所以完全听从日野的建议购买。仔细一想，要是用自行车把猫厕所什么的带回去，那车上就没了小樱可以待的地方，好像也只能把它装进包里带回家，如此想来，买个宠物包正好用得上。

“总共 17388 日元。”

我瞬间感觉财政紧张。可怕的宠物用品，这下子我在学校小卖部买午餐，只能买最廉价的穷人面包了。

穷人面包里既没有馅料也没有果酱，唯独个头儿比较大，大概 120 日元一个，是体育社团男生们时常买的那种半圆形面包。

不过，现在为自己在学校的伙食担心也无济于事，得先考虑一下如何把这堆东西带回去才行。“好的。另外需要什么我会再来买的。比如猫粮什么的，还得再买。”

“朝雾同学。”我正准备抱着大包小包朝外走，日野叫住了我，说：“谢谢。”

“什么？”被她冷不丁这么一谢，我毫无思想准备，回应得十分拙劣。

“昨天，借伞。”

“啊，没什么，反正我多一把伞，那个，你不用客气。”我有些不知所措，语无伦次。

“好。需要买什么，再来！”或许是心理作用，我感觉她的表情颇为温和，似乎还露出了一丝微笑。

以前在学校我几乎没见过她说话时的样子，正因为如此，她脸上出现的一丁点变化我都能捕捉得到，感觉十分新鲜。也许她说起话来还出乎意料地有趣。

出了店门，小樱一脸疑云地仰头望着我，问道：“当真只是一般朋友吗？”

“那当然啦。”

“看起来可不像呀？表情也太轻松了吧！”

“你是说她吗，你可真是的！”干吗我非得照顾一只赌气猫的情绪呢！“今天东西太多，咱们赶紧回家。”我抱起小樱，把它塞进刚买来的宠物包里，顺势挎在肩上。

“哦，全新的感觉。”心里虽然这么想着，可还是觉得这一身看起来很像是漫步于东京代官山、穿着时髦的那些女大学生的装扮。而作为一名高中男生，这样的打扮就太离奇了。

“主人，你晃荡得太厉害，我晕得难受。”小樱一个劲儿埋怨。

“求你了，千万别吐！”如此这般，我车筐里装着猫厕所和猫砂，右手提着猫粮，左肩挎着装小樱的宠物包，一路东倒西歪，花了一个多小时才回到家。

我家的神社位于北鹈野森町的小山丘上，台阶特别长。我想尽量避免往返数趟、上下台阶来回搬东西的情况，于是，我把自行车停在神社下面的停车场，硬是把所有东西全都抱上，开始爬台阶。

“主人，加油！再加把劲。”

“你光嘴上说！”抱着 17000 日元买来的所有宠物用品，背着装有小樱的宠物包，我觉得这台阶……“嗯？”我猛然意识到了一点。

“怎么啦？”小樱问。

“已经下了自行车，我完全没有必要再背着你了呀！”我怒视着小樱。

“难道你不应该对伴侣温柔体贴一些吗？”

“凭什么我要对一只没被雷劈死的猫妖如此照顾呢！”

“是灵兽！希望你不要在这个问题上混淆是非！”

我们在走了一半的台阶上，你一句我一句无关痛痒地斗着嘴，一群孩子从高处的台阶上有说有笑地跑了下来。这些都是附近来上爷爷的武术课的孩子。

孩子们发现我和一只猫咪纠缠在一起，似乎来了兴致，一齐跑到我们身边来。

“小梦哥哥，这只猫咪怎么啦？”“是你养的吗？”他们你一下我一下地乱摸一通，小樱的毛被揉得一塌糊涂。

“干嘛！这些孩子，快住手！”小樱嘴里一个劲儿咕哝着，可是对孩子们来说，恐怕只能听到叽里咕噜的声音而已。

我正盯着孩子们对小樱步步紧逼的情形，突然觉得自己的衣角被人急促地轻拽了几下。

“小梦哥哥。”原来是来上武术课的一个邻家小妹妹。

“小爱，有事吗？”

“训练，你还不参加吗？”

“呃！”一时间，我的内心一阵剧烈的刺痛。

“你身上，还疼吗？”

“是啊，还有一点儿。”然而并非如此。

“等好了，你还会来吗？”

“嗯，会的。很快就能回去了。”真正感觉到痛的，其实并不是身体。

“希望你早点好起来。”

真正身体疼痛的，其实并不是我。

4

烈日炎炎下的市民体育馆，热火朝天的比赛场上，突然间空气凝固了。

"怎么会这样！我……"因为看错了进攻时机，我出拳重击到对手的咽喉。对方昏倒后呼吸困难，接受紧急救治被救护车拉走了。

由于我的傲慢和技术上的不成熟导致了这场事故。曾经以为自己这手本领能以备不时之需帮助到他人，不承想这场事故却使我的本领变得如此惨不忍睹，如此见不得人。那种感触直到现在，依然清晰地留存在我的手上。

尽管已经过去了些许时日，然而两个月前的记忆犹如过电影一般在我的脑海中不断回放，让人难以入眠。睁开眼睛，看到的只有毫无变化的天花板。到了深夜一点，我想上网分散一下注意力，可是已经有一阵子没有在聊天平台上与朋友们互动，所以只好草草放弃了。

"主人，不睡觉对身体可不好！"

"这我当然知道。"我确实知道。

"那些孩子好像很担心你。"

这我当然也知道。

"我觉得连那些年幼的孩子都知道不应该让人太担心。"

"可这是我的一个心结。如果我能清楚地认识到自己的技术尚不成熟，或许就不会在比赛中让对手受重伤。除非调整好心情，否则我不可能再去武馆或体育社团露面了。"我用本应该助人一臂之力的手致使他人受伤，这种负疚感彻底动摇了我内心原本的状态。

我在回避由于自身不成熟和过分自信致使他人受伤的现实。自己如果就此若无其事地重返社团活动，那将来一定还有可能再误伤他人。就像小时候牵着我的手的那个孩子一样，我也曾经想要成为可以向陌生人伸出援手的那种人。然而，我现在连自己都帮不了，只能这样停滞不前。

“好不容易，我才觉得有了一点点变化。”

“你指的是什么?”小樱不解地问。

“没什么。”

那种感觉在我的脑海中来来回回重现，根本无法入睡。

“你这病得可不轻呀!”小樱夸张地说。

“与你无关吧!”

我说话的口气带着要结束谈话的意思，所以小樱沉默了一会儿。接着又开始说道:“要是你横竖睡不着的话，可以到我这边来。”

“干嘛呀，冷不丁地。”

“别废话，快过来!”

我勉强起身，朝小樱走过去。小樱一直盯着我的眼睛。

“我不知道你到底是妖怪还是灵兽，该不会要给我施什么法术吧?”

“嗯，你身上还真是有些阴气，我的主人。”

“你怎么能说人身上有阴气呢?真是一只没礼貌的猫!”

“哎呀，你别捏我的脸嘛!语病，语病而已。”

我把手一拿开，小樱哎呀哎呀地松了一口气。“也是，眼睛看不见的东西或许很难让人理解，那我就让它更明显一些。”说完，小樱的眼中隐约泛起一缕淡淡的光。在这光的照耀下，可以看见从我的身体里正向外飘出隐隐的雾霭。

“哎呀，这是什么？”我吓了一跳。

“阴阳两界的灵气与真实的内心是相通的。”小樱说道。

“真实的内心！你是说这种雾霭吗？”我可以清楚地看见身体表面缠绕着白色和深蓝色的雾，个别地方的雾还是青黑色的。

“正常情况下，蓝色和白色的雾会合二为一，环绕在身体表面。”小樱耐心地向我解释。

也就是说，从个别地方冒出来的雾霭代表的是凡人不良的心理状态吗？它的这种说法，让我觉得从肘部冒出的青烟有些令人毛骨悚然。

“哎，我说，这没事吧？”我有些心里没底。

“怎么说呢，可以说是一种精神上的不安，或者说是一种不通畅的状态吧。这种状态要是持续下去的话，有可能会对人的内心造成极大的损耗。”

“话虽如此，这种事毕竟不是一下子就能想开的，所以才拖到了现在。而且想要忘记的确很难。”当然也不单纯是这一件事，只要有什么在我的脑子里打转，我就很难放下。

“根本性的问题得不到解决，确实有可能再度发生……不过，也是可以暂时改善这种现状的。”

“你的意思是？”

“别说话，你看着就行。”说着，小樱控制住我，然后开始念念有词地嘟哝起来。

真怀疑它这样到底行不行。我屏住呼吸盯着它，发现小樱眼中的亮光逐渐增强，而我的身体好像正与此同步，刚刚从肘部和膝部冒出的青黑色烟雾像是受到吸引一样，开始朝小樱的方向汇集。

“哇，这是什么？”

那些被吸走的烟雾像旋涡一样开始打旋儿，继而在小樱的面前形成了一个圆球。“嗯，原来是这东西。”

“这东西是什么？是什么东西呀？”

面对满脸狐疑的我，小樱说：“这东西就是主人你身上多余的阴气。要说威力嘛，还不算太厉害，就是你看到的这个样子。”说着，小樱将那个圆球“咔嚓”一下。

“呀，你怎么吃上了！”

“嗯。嗯。嗯。”

哎呀，它居然还在嚼。难道很有嚼头吗？“喂，我说，小樱……这东西能吃吗？”

——咕隆。啊，啊……咽进肚子里了。

小樱吞下这团名为阴气的奇怪漂浮物后，不大一会儿工夫，它的身体开始包围在微弱的亮光之中。

“呀，快看快看，有反应了！”包围着小樱的亮光越来越强，小樱不由得情绪高涨起来。

“拜托，别自娱自乐好吗？告诉我这是怎么回事！”

小樱什么话也没说，只是打了一个饱嗝儿。

“你吃饱啦！”

“主人，深夜这么闹腾会吵醒洋子夫人的。”居然还成了它有理了。

“对我这样的灵兽来说，无论内容如何，人类的强烈愿望都可以成为提高法力的力量源泉。”小樱接着说。

“什么意思？”

“灵兽或妖怪要想生存，需要吸收凡人的愿望或诅咒、敬畏、恐惧等强烈的情感，以此来提升自身的灵性和法力。怎么说呢，这也算是饮食的一部分吧。”

“饮食？可是，你不是刚刚才把白天买的猫粮胡吃海塞了一通吗？”

“那只能算零食而已。趁这个机会，利用神通法力帮助那些看似虔诚的凡人实现他们的愿望或诅咒，不用挪地方就能轻而易举地将敬畏或恐惧聚拢起来，成为当地的一种信仰，这就是妖与人之间的‘赠予’与‘获得’。”

“也就是说，小樱你要吞噬凡人的情感才能恢复灵兽的法力是吗？那对凡人来说岂不是很糟糕？”如果被这些家伙吞噬掉太多情感的话，那我们人类会不会就完全失去了感情？

“除了那些‘可以特别转化能量的妖怪’外，一般从凡人身上摄取能量的灵兽或妖怪，只能像我刚才那样，吸收从人体释放出来的强烈情感。而强行吸食这种事，只有神兽或者传说中的超级妖怪才能做得到。”

原来如此，听了小樱这番话，我仿佛看到自古以来人与神的信仰体系，其实来源于比较低俗的动机。

“那，我现在怎么样了？”我环视了一下自己的身体，发现刚才从身体各个部位冒出的烟雾已经消失，只隐约留有一丝雾霭。

或许只是心理作用，我仿佛觉得心情畅快了一些，可要说有什么戏剧性的变化，我却并未真正体会到。

“毕竟，你的烦恼还没有得到根本性解决，目前只是你的精神暂时获得稳定而已，不过这足以让你轻松入眠了。”

“小樱，那你怎么样了呢？有没有那种‘找回了失去的威力’的感觉？”

“这种程度的饭，吃一顿就想完全恢复灵兽的威力是根本不可能的。”

“是吗？算了，要是这样的话，我还是睡我的觉吧。”也不知为什么，我想趁着现在心情稍微好转赶紧睡觉，于是我啪的一下盖上了被子。

“就这样了吗？主人你作为神社的继承人，对神灵可不够虔诚啊！”

“呃？”我大吃一惊，看了一眼压低了声调的小樱，发现它眼中隐藏着一种不同于刚才的异样光芒。

“我不知道你想干什么，别开玩笑行吗？”我飞身而起，直朝后退，可小樱却朝我步步紧逼。“靠刚才吸走的那部分能量还不足以让我完全恢复。不过，倒是可以摇身一变，变成倾国倾城的大美女，让主人你拜倒在我的石榴裙下，这也不错吧？”

“说什么神话故事！再说真有这事我可怎么受得了！”

“已经来不及了。”小樱逼近我的眼前，发出耀眼的光亮。

“哎呀！”我禁不住闭上眼睛。过了一会儿，当我睁开眼时，看到了眼前的一幕。

“怎么样，我的主人！是不是看到我如妲己一般美貌便哑口无言了?”

“你，这是搞什么呀?”

“怎么啦?”

我用手朝镜子指了指，小樱便向镜子瞧去。镜子前的小樱一下子显得垂头丧气——出现在我面前的，不是什么倾国倾城的美女，而是一个中学生模样的女孩子。而且衣着粗糙、破旧，根本与妖艳或神秘之类的辞藻挨不上边。

想到自己刚才吓得两腿发软、愚蠢至极的样子，我忍俊不禁。这时，小樱瞪眼怒视着我，埋怨说:“都怪从主人你那儿摄取的能量太少，才让我变成了这么一个小个子。”

“你怎么能怪别人!”

“总之是主人不好。作为正值大好青春的一名少年，你不觉得自己过于达观老成了吗?你是中年油腻大叔吗?”

“什么意思啊，你想说什么?”

“你现在不正处在整天胡思乱想的年纪吗?应该要么妄想‘自己有改变世界的能力，只不过还没有显现出来而已’，要么以为‘人群中肯定有能读懂我想法的人’。而你，难道是中年大叔吗?”

“别再叫我中年大叔了!你说的那些是初中生的想法。”再说，如今的初中生或许已经没有这些妄想了。

“那又怎么样呢?我想说的是主人你因为烦恼而产生的阴气，最多也不过如此而已。”说完，小樱的身体再次被亮光包围，下一个瞬间又变回了一只黑猫。

“话虽如此……遗憾的是我可不是那么厚颜无耻的人

呀。”总之，这是一个主观问题，并不是身边人说要紧或者不要紧就能决定的事情。对于我所纠结的事，如果我自己无法好好去面对解决的话，就算周围的人都觉得无关紧要，我还是无法迈过那道坎儿。

“根本性的问题必须靠我自己去面对，慢慢去解决，今天我们就到此为止，早点儿睡觉比较好。”

“好的，好的，遵命啰！”

我看了一眼钟表，时间已经是深夜一点半了。不管过程怎么样，我觉得趁着心情还不错早点睡觉才是上策，于是停止各种胡思乱想，钻进了被窝。

一下子发生了许多事，搞得人手忙脚乱，好在终于静下心来，不由得生出了睡意。明天还要正常上学，所以我必须调整心情。

“晚安，小樱。”

一只会讲人话的妖猫，随着一场暴风雨来到我家，开始了与我同居的生活。于我而言，它的到来，使我自初夏起便已停滞不动的时间，又慢慢向前了。

第二章　小咲

1

我骑着自行车飞快地穿过寂静的商店街。连自己都觉得那速度算得上是横冲直撞，但我已经完全顾不上这些了。

“就算睡得香，也得有个度吧！”我在心里责怪自己。

不得不说一大早起来就抬着屁股、以站立姿势奋力蹬车，确实是件苦差事。事实上，昨晚多亏小樱那神奇的超能力，让我睡得十分香甜。甚至完全没有听见闹钟的声音。

“啊啊，糟了糟了，起晚了！肚子好饿但是没时间了！”我根本来不及看手机确认一下时间。

连早饭都没吃我就从奶奶面前跑了过去，冲出家门的时间是七点五十分。跑下台阶，骑上自行车，冲进商店街的时间是在五分钟之后，所以我想应该是七点五十五分左右。

今天的班会在八点十五分开始，按照我的计划，只要能提前五分钟到达存车处就勉强赶得上，也就是说只要想办法用十五分钟赶到学校好歹就可以不迟到。

——可是，中间遇上红绿灯就要另当别论了。

结果我还是迟到了。当我冲进教室的时候，正好撞见班主任山崎老师准备从教室里出来，脸色十分阴沉。听说上个月山崎老师遭男友劈腿分手了，眼下更是一触即怒。

“有什么要解释的？”

“没有。”

“这样吧，你是第一次迟到，我就原谅你，不过这次的课题作业得给你增加两成任务。”

“好的，知道了。”尽管感觉这类似于没完没了的职权压迫，可是揪着此事不放只会让事态更加复杂，所以我决定乖乖服从，让这件事情就此过去。

铃声响起，老师走出教室，我这才上气不接下气、踉踉跄跄地走到座位上坐下。

“睡过头了吗？”邻座的日野对着筋疲力尽、有些狼狈的我问道。

“啊？嗯，是的。”虽然昨天在她打工的地方我们说过话，但是在学校，日野这样主动找我说话好像还是第一次。

“睡相不太好吧。”

“……？”我有些懵。

“翘起来了。”日野用手指着自己脑袋右上方的头发说道。

原来她是在说我把头发睡乱了。早上腾地一下从床上跳起来，匆匆忙忙换好衣服就飞奔出门，压根儿没工夫去管头发的事。

我不由得用手指梳理了一下她刚才比画过的地方。“这样好点了吗？”

“可以了。”说着，日野面无表情地冲我比了一个“OK”的手势。

“啊，那个，谢谢啊。”

怎么说呢，日野的距离感非常微妙，感觉很难把握。乍一看，觉得她给人一种强烈的距离感，仿佛拒人千里之外，也许这只是我的错觉。

在我思绪快要飘远的时候，铃声再次响起，刚才离开片刻的班主任山崎老师又回到了教室。第一节课是日本史。我急急忙忙打开书包，想把课本掏出来，结果……“你骑得太快，我都晕了。”居然是小樱。这家伙怎么会在这儿！

教室里所有人的视线都集中到了我身上。当然他们并不是因为这家伙在说人话，或许只是听见猫咪的叫声才朝我这边看过来，但怎么说呢，此时此刻我感觉世界末日已经到来。

“朝雾同学？”山崎老师板着脸看向我这边。

“啊，那个，其实，是我家猫，那个。”

“然后呢？”

“好像偷偷钻进我书包里来了。”

教室里传来一片同学们“嗤嗤”的笑声。座位比较靠近的同学甚至还探着身子往我这里瞧。

山崎老师心力交瘁地叹了一口气，说道：“唉，现在要是让猫到处乱跑，在校园里引起骚乱那更麻烦。这节课你让它先在这里老实待着，我就睁只眼闭只眼了。不过下课后，你赶紧把它放到办公室去！”

“实在对不起。”我一边道歉，一边瞪了小樱一眼。而当事猫却一副事不关己的样子，它从书包里探出脑袋东张西望，环视着教室四周。

这家伙！我调整了一下心情，准备拿出课本上课，于是将目光移向装着小樱的书包。

笔记本，小樱，只有这些。书包怎么几乎是空的？

估计是小樱为了让自己能躲进书包，把我原先放在里面的课本全都扔出去了。真是的，搞破坏也得有个限度啊！

“要一起看吗？”日野可能注意到我这边出了状况，她从旁边把自己的课本递了过来。日野主动帮我解围这种事，要是放在几天前我完全无法想象，应该是这几天的接触起了决定性作用吧！

“谢谢，你可救了我了。”我把还留在书包里的那本笔记本掏了出来，一边祈祷小樱别在课堂上做什么出格之事，一边照着黑板上的板书抄起了笔记。

“佐贺的锅岛与龙造寺家族直到江户时代，仍保留着藩主和家臣的关系，但自从主君龙造寺隆信去世，锅岛直茂掌握了藩国的实权后，由于龙造寺隆信的孙子暴卒，家族上下开始频频受到惊扰。于是，为了安抚死者灵魂，他们修建寺庙，将龙造寺家族的亡者供奉起来。这段历史被人添油加醋，说成是猫妖作祟，以此改编成的戏剧还很有名呢。”山崎老师时不时朝小樱的方向看一看，好像刻意在讲这个话题。

山崎老师上课经常跑题，不着边际地讲一些无关紧要的杂学知识，但我觉得她说的这番话肯定是意有所指。不过从结果上来说，毕竟她已经不再追究我把猫咪带来学校这件事，所以我也只好强颜欢笑地把课上完。而小樱却好像一直在絮絮叨叨地嘟囔着“不要把我和那些猫妖混为一谈”之类的话。

“什么都别说了，麻烦你给我安静点儿吧！”一下课，我抓起四肢乱蹬、不停挣扎的小樱朝教员办公室走去。

“我不想跟你分开。求你大发慈悲！”

“你跟着来学校肯定不行呀。今天只有半天课，你将就一下待在教员办公室吧。”

“朝雾同学，你跟这只猫关系好亲密呀！”日野怎么也跟过来了。昨天在打工店里跟她聊得还算投机，她应该特别喜欢猫吧。

虽然在一般人看来，我只是在逗喵喵叫的猫咪，但如果听见我对它说的内容，肯定就会觉得我很奇怪，所以在外面我还得收敛一下。

“与其说是关系好，其实是在教化宠物，不是都要言传身教吗？再说猫咪是很聪明的动物。”我勉强找来理由进行辩解，连自己都觉得没有比这更胡扯的说辞了。

“按理说，你前天才捡到它，可它对你却格外温顺呢。”日野边说，眼神边在我和小樱之间游走。

“是吗？嗯，哎呀，我也不太了解猫咪的喜好，究竟为什么会这样呢？”难道非要让我说，“因为它是一只猫妖，在天空飞行遭到雷击后掉进我家的神社里，我救了它，所以它特别亲近我”吗？那日野肯定会觉得我脑子有病，所以我还是适当掩盖一些为好。

按照山崎老师的要求，放学前我把小樱寄放在勤杂工的房间。

“要离开的时候，它扑过来抓到了我衣服下摆，校服上是不是有些抓痕？”我有些担心。

“我觉得离远看根本看不出来。”日野安慰我说。

今后要是小樱时常跟我来学校的话，那可真受不了。明天开始我每天出门前都得检查一遍书包才行。和日野一起返回教室的途中，经过走廊时，阿悟从身后叫住了我们。

“梦路……你和日野走在一起还真是稀奇呀！”

“什么？啊，是因为我家猫咪的事。”

“因为朝雾同学家猫咪的事，我们……”

我感觉好像什么都没解释，但也确实没有什么好解释的。

“虽然不知道发生了什么，不过也无所谓。但是，梦路，要是你见到了我们队长，能不能给我说一声？”感觉阿悟说这句话的时候，有些慌乱。

“你说的足球部队长，是全国体育大赛结束后新当上队长的那个 D 班叫相良的大个子吗？我要是见到了，告诉你当然没问题。不过，你没发邮件或者通过 SNS 联系他吗？”

“前天开始就一直没有回复。我去教室找过他，可他没来学校。”

“他家呢？”

“他一个人住，父母好像都在国外。”

这确实让人感到很担心。

“今天放学，我和其他队员准备一起去他家看看。可能他因为感冒什么的卧床不起，没注意到手机没电了。反正你要是在哪里看见他，麻烦通知我。”说完，阿悟好像一边重新拨打着那个队长的电话，一边回教室去了。

“这算是下落不明吗？”日野问道。

“应该不是吧。男生要是一个人得了重感冒，换作是我，恐怕手机没电了也不会去充电，而是闷头就睡。”

“这样啊。”

人总是下意识地认为生病的时候自然会有监护人来照顾，可独自生活的人是不可能得到如此照顾的。不难想象，如果我也独自生活在没有爷爷和奶奶的地方，那我卧床不起的时候肯定没有精力做饭，估计只会从冰箱里拿点布丁什么的随便糊弄一下。

“果然男生就是这么敷衍了事。呀，该上课了。”日野看了一眼手表，稍微加快了脚步，我也赶忙跟上。

一天的课程和班会活动全部结束后，大家各自离开教室，有的去参加社团活动，有的回家。我坐着伸了个懒腰，靠在了椅背上。因为今天是和日野共用一套课本，我竟出乎意料地没有跑神，而是认认真真地上完了课。

“日野，谢谢你。因为猫咪捣乱，没有课本，我都不知道该怎么办才好，幸亏你帮了我大忙。”我一边道谢，日野一边将课本和笔记本收进书包，简短地回应了一声“嗯”，然后又说：“朝雾同学，不用谢。还是去接猫咪吧。”

“嗯，是准备要去接它的。”

“那就走吧，现在就去。”日野像是在催促我一样，她起身离开了座位。为什么日野也要跟着去接猫咪啊。

“虽然不敢确定，不过日野，你是不是特别喜欢小樱啊？”

“小樱是那只猫咪的名字吗？我，喜欢猫。”

真不知道究竟有什么好的，可只要牵扯到猫咪的事情，日野就跟变了一个人似的，与我印象中的性格截然不同。

她在我身边嘟嘟囔囔念叨着：“原来叫小樱呀！”显得有些兴奋，这时我开始觉得日野实际上还蛮有趣的。

不管怎样，把那只闹腾的猫咪一直放在勤杂工那里确实不太好意思，得赶紧将它领回来才行。

“如此说来，朝雾同学。”

“嗯？”

“你说你是前天捡到它，昨天带它去宠物医院检查了伤情。”

“嗯，是的。不过伤势好像并不是特别严重。”

“打疫苗了吗？另外，有没有做传染病检查？”

日野的话让我不由得目瞪口呆，不知如何作答。

“如果是流浪猫，还得检查一下身上有没有长跳蚤什么的。”日野继续说着。

这些我完全没有考虑到。作为一只灵兽，它会得传染病吗？完全想象不出一只遭了雷击都没有死的猫，会因为生病而死去。

“哎呀，才给它买了那么多东西，剩下的钱已经没多少，囊中羞涩了。”我极力推辞。

“不行。”

我被日野的气势吓唬住了，只好说：“那好吧。你说的这些大概得花多少钱呀？”

“疫苗大概是五千日元。其他杂七杂八的检查加在一起差不多一万日元左右。”

这下我在学校吃的饭只能越来越简单了。“我连体育社团专属的穷人面包恐怕都吃不起了！”

“什么是穷人面包？”

“哦，就是小卖铺卖的那种，半个圆球一样，个头很大但是没什么味道的面包。”

日野听完我的描述，好像把小卖铺的面包整个回忆了一遍，终于想起了那种面包的模样。

“啊，原来那种叫穷人面包呀！”日野的声音一颤一颤的，似乎在强忍着不笑出声来。

我们刚踏进勤杂工的房间，小樱就迎面向我飞扑过来。

“喂喂，我说！别这样！喂，小樱！”

“把我丢在这种地方就走掉了，主人真的是最差劲了！”

“你弄得我不舒服，快松手！”

“朝雾同学，真羡慕你。”

“日野，你就别说这种莫名其妙的话了，快把这家伙弄下来！”

日野帮我把完全不愿意从我身上离开的小樱强行扒了下来。见鬼，这家伙最后居然还冲我亮出了爪子！

“呀！毛茸茸的。”

“喂喂，主人。这女孩儿冷不丁就跟我靠这么近，是不是有些奇怪呀？”

日野有些气喘吁吁地将小樱抱在怀里，一本正经地把自己的脸贴在了猫咪脸上。我觉得让日野抱着小樱，小樱反而不那么任性胡来了。于是我向勤杂工道了谢，和日野带着猫咪离开了。

一路上，从我们身边走过的学生都一脸诧异地看着我们。到了教学楼门口，日野开口说：“咱们去车站吧。”

看样子她无论如何也要让我把小樱带到宠物医院去。

也罢，反正我前天刚向爷爷保证过要好好尽到宠物主人的责任，况且，暂不说这家伙有没有感染传染病，要是真长了跳蚤什么的，那从卫生方面肯定也说不过去。

虽然有些担心钱的问题，但我还是决定拿出少得可怜的积蓄把这个问题解决掉。

“主人，我们这是要去哪里呀？”小樱被日野抱在怀里，老老实实地一动不动，可它好像发现我们并没有回家，而是朝车站方向走，于是探出脑袋一边东张西望一边问我。当着日野的面，让我怎么回答一只猫咪提出的问题嘛！

“你要是乖乖听话，我就给你买好吃的猫粮。”

“真的吗？”

为了让小樱先保持安静，我轻轻拍了拍它的脑袋，用猫粮的话题安抚它。

“店里可是有上等的猫粮罐头哟！”日野有些兴奋。

“好呀，就买那个。”我随声附和。

“主人，你终于也知道要怎样供奉灵兽了！”小樱好像难掩对未曾谋面的美食的期待。

结果——“你这个大骗子！！”小樱的叫喊声响彻了昨天刚刚就诊过的宠物医院。

2

与日野相识是在高二开学的当天，高一的时候因为不在一个班，所以很可能压根儿没跟她说过话。一直到最近，我对她的印象都是孤独高冷，几乎看不出喜怒哀乐的情绪变化，仿佛没有什么能够打动她。可现在看来应该说是我完全误解了她。

日野喜欢猫，喜欢追着猫跑，会用脸去蹭猫，她把这些当作生活的意义，是个地地道道的爱猫人士。在她冰冷的表情后深藏着对猫咪无限的喜爱。她之所以会在宠物用品店打工，或许也是这个原因。

虽然我现在与来路不明的猫妖住在一起，可是关于如何养猫我一无所知，日野的这些知识真是救了我。无论是买猫咪生活用品还是带小樱打预防针，这些事情如果日野不告诉我，我是根本不会在乎的。

我们千方百计让小樱在动物医院接种了疫苗，还做了除昨天伤口检查以外的其他各项检查。然后在日野打工的宠物用品店里给小樱买了高级猫粮罐头，又顺便在小卖部买了可丽饼，坐在购物中心前的长凳上吃了起来。

“这种罐头一个就要一百多日元呀？”我觉得有些贵。

“碰上打折，会便宜些。”日野似乎已经习以为常。

看着心无旁骛地专心吃罐头的小樱，我盘算了一下自己的伙食费，开始发起愁来。

“主人，这种罐头实在太好吃了！是灵兽也无法抗拒的美味！”

明明刚才还闹情绪说，“再也不相信任何人了”，这会儿又来劲了。“好的好的，那太好了！不过你嘴里嚼东西的时候别说话！”

“朝雾同学，我总觉得你像是真的在跟小樱说话呢。”我一不小心和小樱说起话来，日野目不转睛地盯着我。

“啊，那个，我无意中就，你看它吃得这么狼吞虎咽。”我岔开了话题，日野向我投来不屑的目光。我受不了这种眼神，开始张望四周。

连着两天都到这家购物中心来，没想到这里什么店都有呢。既有各种折扣店和专卖店，也有咖啡厅和汉堡店，所以光顾这里的学生也不少。考虑到今后给小樱买猫粮得花不少钱，或许我也应该在这里找份兼职工作才行。

“对了日野，你在那家宠物用品店工作很久了吗？”我一边揭下可丽饼的包装纸一边问道。

“从高一暑假开始。”她一边用勺子挖可丽饼上满满的奶油大口大口吃着，一边回答。

高高地堆满奶油，再用勺子挖着吃，这难道不是改变了可丽饼本身的存在意义吗？虽然有些奇特，不过见了甜食就挪不动步子这一点，日野倒是与同龄的女生没什么两样。

“咱们学校是不是到教员办公室交份申请就可以去打工？”

“是的。”

“我想试试。”

“想打工吗？”

“是的。虽然得跟爷爷奶奶商量一下后才能定，不过这家伙的日常消耗品还有猫粮什么的都需要钱。”我伸手揉了揉沉醉在美食中的小樱的脑袋。

“胆敢打搅我吃饭，就算是主人，下次我也会挠你！”小樱浑身一抖，甩开了我揉搓它脑袋的手。

日野一直注视着我和小樱的互动，她慢吞吞地说：“那社团活动呢？”

——针扎一样的感觉，我的胸口突然一阵刺痛。

“啊，这个，嗯，是有这个问题呀。明明社团那边的事还没定下来要怎么办，看来是不行了。”我不由得心情变得很糟，连说话声调都低沉下去。

“我觉得不用勉强。”

“欸？”

“我觉得没必要去面对所有的事情。”

这让我觉得有些意外。日野看上去好像所有事情都是自己一个人处理，而从她口中听到这样的话，是我意料之外的。

“有些事如果想起来就会让人很痛苦，而且单纯只牵扯到个人的话，就没必要勉强自己去面对。”

她这是要表达什么呢？虽然日野说话的语气还和平时一样保持着独特的声调，但在这番话背后，似乎蕴含着她某些真实的感受。

说完，日野又不声不响地接着吃起了可丽饼。从她身上我看不出那些真实的感受具体是什么，于是我也大口咬着可丽饼吃了起来。

在日复一日的生活中，任何人都会因为或大或小的事情而烦恼或者栽跟头，这无关是大人还是我们学生。因为学习或者工作上的挫折，抑或是人际关系上的烦恼，任何人都必须面对。从刚才日野说的话来看，她对于这些烦恼，应该也有自己的感受。而我也需要用自己的方式，去直面困扰着自己的问题。

“谢谢。我的心情稍微轻松一些啦。”我向日野道谢，而她只轻轻地“嗯”了一声。

“咦？这不是咲同学嘛！”就在我们吃完可丽饼，日野想抚摸小樱，而小樱显得不乐意要躲开，双方正处于“拉锯战”状态的时候，突然听到有人在一旁说话。

是一男一女两名高中生。他们穿着与我们不同的校服，应该不是鹈野森的学生，但穿着打扮也并不特别花哨。其中女生直接叫的是日野的名字，她们很可能是初中同学。

“哇！真的好久不见了！过得好吗？”那女生热情问候。

“……”日野默不作声。

“毕业典礼以后就没见过了吧？小咲，你是去了鹈野森吗？”

“……是的。”

那女生显得情绪异常高涨。不过，老同学见面，这种反应应该比较常见，或者说是大多数人的反应吧。

“咦？这位是……男朋友吗？”

“不是。”日野立刻否定。

是立刻进行了否定！尽管我们确实跟恋爱关系沾不上半点边，可是日野不假思索、毫不迟疑地加以否定，这对一个正常的高中男生来说多少还是会感到失落的。

“哈哈，你这冷淡的个性还是一点没变呢！”女生笑着拍了拍日野的肩膀，又接着说：“下次，大家再一起出去玩吧。你请客哟。”

我心里咯噔一下。听到这句话，我感觉十分别扭，心跳瞬间加速，眼前的景物仿佛都摇晃了起来。刚才她是要求“请客”吗？

日野没有回应。

我仔细地看了看日野，或许是心理作用，我觉得她好像有意将视线从那个女生身上移开了。

“喂，你刚才说的话是什么意思？”虽然有些不情愿，但为了不造成误会，我还是战战兢兢地问了一句。

“什么？你作为小咲的朋友难道不知道吗？她家可相当有钱哟！你也让她请你吧！”女生毫无顾忌地回答说。

我有些毛骨悚然，感觉背上爬满了令人厌恶的异样东西。真差劲！这八九不离十是个令人讨厌的家伙。很难一下子相信这些话出自一个跟我们同龄的高中生之口。一种难以言喻的厌恶感油然而生。再加上女生无论表情还是说话语气，都好像一个年级委员在警告没有听老师讲课的学生一样。她无疑没有认识到自己的所作所为是错误的。至少她丝毫没有意识到自己的所作所为已经是敲诈勒索了。“你这……”

“朝雾。”在我忍不住想要出手的时候，日野抓住了我的胳膊。

“算了。”日野的眼中没有困惑也没有胆怯，只是表现出一副不想与他们有任何瓜葛的表情。

“好啦，我们还要去别的地方，再见啦。”女生说完笑着冲我们挥挥手，便和同行的男生一起朝商场走去。剩下我和日野陷入沉默之中。

我在纠结要不要插手日野的事，又半天想不出该说什么好，于是只能一言不发。

“主人，你这样不说话是不是不太好。”不用你说我也知道啊，小樱。

“日野，那个……”我还是忍不住开了口。

“没关系。”

没关系。和往常一样情绪低落，只说了三个字。日野的这句“没关系”，是对我说的，还是对她自己说的呢？此刻的我也不得而知。

推着自行车走在通往神社的坡道上。虽说已经过了下午六点，可因为还是夏末，所以太阳才刚刚开始西斜。“真没出息。”小樱在自行车前筐里一边眺望坡道下的街景，一边狠狠地骂道。“我有什么办法，当时我怎么知道该不该介入呀！”我只是隐约察觉到日野和那个女生肯定谈不上是关系好的朋友。然而，关于我是否应该插手她的过去这一点，说实话我并没有信心。不管怎么说，我连自己最近刚遇到的烦心事都无法面对。可以肯定的是，像我这样的人轻易插手是不会有好结果的。

“主人。”

“你肯定要说我懦弱不争气吧，我知道。”

“我是觉得那事可能有点不妙呢。”

“你是说那个女生对日野做了什么——比如，可能在金钱方面进行勒索之类的吗？”

“有这个可能。毕竟自古以来哪里都有做了卑鄙的事情却还不以为意的卑鄙之人。”

“那你说的‘不妙’是指什么？”

小樱转向一脸困惑的我，说道：“不妙的，其实是日野。”

我不明白小樱这句话是什么意思，不由得停下了脚步。“为什么这么说？”

“你还记得昨晚我帮主人把缠绕在你身上的阴气吸食掉

的事吧？”

“这个当然记得。”就是一直纠缠我的那股犹如烟雾般的阴气。小樱帮我把那些流露出来的烦恼和愤怒都吸食掉，让我整个人都感觉神清气爽了。

“刚才从日野咲身上，我感受到了比主人身上更多的阴气。”

“看来，日野跟那个女生初中的时候关系的确不好。不过，既然如此，你像上次帮我一样也帮日野把阴气都吸掉不就行了吗？”

听完我的话，小樱用前爪抚摸着挺得笔直的胡须，说道：“要是能那样就好了。”

小樱这句话让我有些难以释怀，甚至感到一丝不安，我抬头向鹈原新区的方向看去，发现刚才还晴朗的天空开始变得乌云密布。

到了晚上就下起雨来，这场雨持续的时间很长，已经无法用阵雨这个词来形容。我和小樱在客厅里看天气预报，这时奶奶洗完衣服端着茶走进来，说：“雨已经下好久了。”

“傍晚前天气还那么好。”我随声附和。

“我可不喜欢湿乎乎的感觉。”小樱也不甘寂寞。

“不知道刚洗的衣服明天能不能晾干。”说着，奶奶也坐下同我们一起看起了电视。

爷爷说要先去睡觉便回了卧室，这样小樱就可以安心地与奶奶聊天了。“洋子夫人，金枪鱼罐头真的超级好吃呢！”

“哎哟，你吃了那么高级的东西呀。”

“洋子夫人您做的烤鱼那可是一绝！猫粮罐头也就是在罐头中还算别有一番风味罢了。”

“哎呀，瞧你说的。”

我斜眼瞅着奶奶和小樱之间的来往互动，脑海中反复回放着小樱傍晚以及日野中午时说过的话。“我说，奶奶。”我把目光转向正在看电视的奶奶。

“哎呀，梦路你怎么一本正经的，是有什么事吗？是不是零花钱用完了？”奶奶放下茶杯，转向我这边。小樱趴在奶奶的腿上，也冲着我看。

“不是零花钱的事。该怎么说呢，要是朋友遇到了烦心事，一般来说，都会帮朋友出主意或者出手相救对吧。”

“那是呀！”

“可是，如果那位朋友碰到的烦心事，是连她本人都不愿意想起的事情，我要硬去问她合适吗？详细情况也没有听她本人说清楚，不过，从当前的状况来看好像挺严重，感觉像是不能随随便便问的那种事。”

“既然如此，你有没有委婉地问过那位朋友是怎么回事呢？”

“当时我也在场，她只对我说了‘没关系’三个字。可是怎么看都不像是没关系的样子。虽然我跟她也是这几天才开始说话，但我真的觉得她那样不像是没关系。”

“那，你在纠结什么呢？”

“我不知道自己是不是那个可以去插手管她的事的人。我不太了解情况，她只是我最近才开始有些交流的一个同班同学，如果因为我多管闲事，让她重新想起自己不愿意回忆的过去……”我说着说着不由得垂下了脑袋。

“梦路！”奶奶打断了我的话。平时奶奶不会打断别人说话，所以我感到有些惊讶，抬起头来。“明明想帮助朋友，却又‘不知道该不该插手’，这难道不正是因为你非常在意自己在她心目中的形象，才会这样的吗？”虽然奶奶说话的语气既柔和又委婉，但我却感觉自己的后脑勺像是被狠狠地击打了一下似的。

“你，想成为什么样的朋友呢？”

“什么样的，是指？”

“是想即使受到牵连，也要帮助朋友解决眼前的问题，还是想以恩人的姿态帮她解决困难？”

我究竟想怎样呢？说实话，我对日野的为人并不太了解，而她对我应该也知之甚少。倘若是了解脾气秉性的老朋友自然另当别论，像我这样不甚熟悉的人要是刨根问底地乱打听，想必她会一脸不高兴。

可是，如果那天发生的事是初中阶段校园欺凌的延续，从那个女生对自己满怀恶意的所作所为完全不以为意的态度来看，她一定还会再次出现，继续欺负日野。我曾经看见日野在短短的一瞬间，流露过一丝温柔的表情，我不希望她因为遭受欺负而失去这种表情，再次变得阴郁不安。“谢谢奶奶。”

“哟？已经想好了吗？”

“是的，明天我就去找她问清楚。”

看到我点头回答，奶奶呵呵地笑了。

一个人连自己的烦心事都处理不了，却一心想要帮助朋友解决烦恼，这在旁人看来或许甚是可笑。可能也正是因为想要逃避自己的问题，所以才这么牵挂别人的事情吧。其实，我也不知道自己现在有没有资格去伸手帮助他人。但即便如此，就算可能遭到拒绝也无所谓，我决定对理应伸出援手的事绝不袖手旁观。

回到房间，我瞥了一眼手机，发现有SNS消息提醒。是高桥悟发来的。我点开一看，只有简短的几个字："队长找到了。"

阿悟专门选择"找到"这个措辞，意思应该就是说在家里找到了吧。于是我赶紧简单地回复了一句："好的，找到就好。"

"主人，你明天要去找那个叫日野的女生询问情况吗？"小樱赶在我这个房间主人之前占领了床铺，然后问道。

"是的，虽然不知道她会不会跟我说。"

"可是，你是不是以后不打算带我去学校啦？就算带我去，也还是会把我关在那个小屋里，让我和不认识的大叔单独待在一起，真是讨厌。"

"明天周日，不用上学。还有，你的确不能再跟我去学校了。明天我还是先去日野打工的那家店看看。因为我没有她的手机号。"

"这样啊。"小樱说着，就在我的枕头上蜷成圆滚滚的一团准备睡觉。

“你睡在我枕头上，让我怎么睡呀！”我叹了一口气，拉开窗帘朝窗外望去。拍打在窗户上的雨点儿好像更加猛烈了。

3

上午出门去车站途中，在学校门前看到了一张熟悉的面孔。阿悟坐在学校门口，呆呆地对着天空发愣。

“今天有社团活动？”

“哦，梦路。”阿悟似乎情绪有些低落。可能是训练太累了吧。天气还很热，一大早起来就开始艰苦地训练，难怪会累成这样。“怎么了这是，还带着猫。”

“我要去买东西。你是不是早上训练太累了？”

“哦，那倒不是，训练跟平时差不多。”

“那，你是挨批了吗？”

停顿了一会儿，阿悟才好像一边思忖着怎么措辞，一边缓缓地说：“昨天我和老师去了队长，也就是相良住的公寓，跟管理员说明情况后，我们一起开门进了他的房间。”

“哦，这事你昨天给我发消息，我看到了。不过，按你刚才的说法，队长是不是真的出了什么事？”

“既没有受伤，也有意识。可是，仅此而已。”阿悟说的有些模棱两可。

“那，到底怎么回事呀？”我急着追问。

“就是对我们说的话完全没有反应。”

这种情况好像并不属于意识不清吧？

“于是，校方联系了他在国外的父母，他本人也被送去了医院，先办了住院检查。”阿悟接着说。

我感觉到事情好像相当严重，便问：“应该不是遭遇了什么事件吧？”

“应该没有。门锁得好好的，房间里也没有被翻得乱七八糟。”

“要是这样，也只能等他恢复过来再说了。”虽然不知道医生作何判断，但从他明明没有外伤，意识清楚，却对别人说的话没有反应这些情况来看，能不能迅速好转还很难说。

“是啊，只好如此。可是现在既不清楚原因，也不知道何时才能恢复。比起受伤这件糟心事，这样下去，对足球部队员的影响会更大呀。”

全国体育大赛结束后新换的队长，刚刚开始引领足球部奋勇向前的人，现在却莫名其妙地住院了，这的确会挫伤大家的士气。所以，阿悟的担心也是情有可原。不过，我觉得作为我这样已经两个月没有参加社团活动的人来说，现在不适合对别人的事说三道四。“我也不知道这个时候该不该说‘加油’，但我希望一切都能尽快好起来。”也找不到什么更好的话继续聊下去，于是，我随便应付了两句就先行离开了。

“主人，你怎么又一副愁眉苦脸的样子？”舒舒服服窝在车筐里的小樱问道。

“听说同年级的同学不知什么原因生病住院，就算平时和他没什么交流，也还是会感到难受的呀。”

“话虽这么说，可我毕竟不是凡人，恐难理解你的心情。要是换了主人或者洋子夫人这样跟我亲近的人的话，那就另当别论了。”

也是，小樱的话好像不无道理。这是一种针对同类的情感，与猫妖谈论此类话题，首先伦理观念就不一样。“可惜我再怎么烦恼也无济于事。”

“嗯嗯。我说主人呀，那个叫日野的女孩子会在那家店里吗？”

“应该吧。”

“要是她不在的话，白跑一趟也没事。”

“我没有她的联系方式，只能过去碰碰运气。等会儿给你买罐头，你就忍忍吧。”要是去了扑个空我也没办法。总之，不去问清楚的话，什么也不会知道。我加快了蹬自行车的速度。

可能因为是周日下午的缘故，商场比昨天和前天我们来的时候都更热闹。我停好自行车，将小樱装进宠物包，便往商场方向走去。一路上，我感觉行人都把视线聚焦到了我身上，尤其是小孩子和他们的家人。也难怪，这样的装扮果然比较适合时髦的女大学生，我一个高中男生这副模样确实显得不伦不类。

我加快脚步走进商场，直奔宠物用品店，一进门就看见日野从里面探出了头。

“欢迎光临。”从日野打招呼的平淡语气里，完全感觉不到昨天问题的严重性。“忘了买什么东西吗？”

“啊，那倒不是。这家伙吃过罐头之后念念不忘，所以我再过来买一些。”说着，我把装在宠物包里的小樱拿给她看。

小樱没有丝毫反应。这猫妖，难道这个时候就不能态度好点吗?！可是，日野毫不介意，她伸手摸了摸猫咪的脑袋，轻声说：“今天，我给你拿一些金枪鱼之外的罐头吧。”说着，便从货架上挑选各种各样的罐头。看到她一脸平静的样子，我有些犹豫该不该提起昨天的事。

“主人！”小樱好像在催我。我当然知道该怎么做！

日野拿着好几种新口味的罐头堆到收银台上。“今天，是鸡肉的。”

“嗯，那，我要八个吧！”最近手头不太宽裕，所以消费不能超过一千日元。

“嗯，谢谢惠顾。”在日野开始装袋的时候，我开口问道：“日野同学，你今天几点下班？”要不是我们认识，这种问话方式肯定要被人当作不正经的勾引搭讪，可我实在想不出其他合适的措辞了。

“有事吗？”乍一看日野既没有感到震惊，也没有表现出丝毫的诧异。

我已经想好要是她明确表示厌恶我该如何应对，可她现在波澜不惊的反应却让我感到措手不及，完全无法揣测她的心理状态。

“那个，要说有什么事嘛……就是有事想问问你。”

“……”日野默不作声，让我感觉沉默是最可怕的。

“啊，那个，对不起，突然说这种奇怪的话。我还是……”我慌忙给自己打圆场。

“四点。”

“嗯？”

日野的表情依然没有变化。“四点下班。”

“啊，好的。”

“拿着，罐头。”

我接过日野递来的装罐头的袋子，不知所措地走出了宠物用品店。其他也没什么特别要买的东西，于是我在自动售货机上买了一瓶饮料，坐在长凳上发呆。

“主人，你这发呆的状态，天上掉下来鸽子粪你恐怕都感觉不到！”小樱抱着用料十足的鸡肉罐头一边大快朵颐，一边说着风凉话。“你已经有了我这个伴侣，却还对那个女孩子念念不忘……”

“首先，我对日野不像你想的那样，其次，我并不记得有过猫妖伴侣这件事。”我打断小樱，急忙订正它的话。

日野缺少表情的冷漠面孔，或多或少也会流露出喜怒哀乐。其中自然也有烦恼。如果这种烦恼只是源于她自身，或许我没有资格加以干预。但如果它是由外部因素造成的，那就一定有我能帮得上忙的地方。我这么想是不是太自傲了？

“我说，小樱。”我停住手，不再揉捏小樱的脸蛋。

“怎么了？”

“你帮我吸掉了身上的阴气，让我神清气爽了许多，可要是你当时没有吸走的话，我又会怎样呢？”我觉得，要是那时候继续钻牛角尖的话，估计我精神上已经出问题了吧。

“倒不会怎么样。”

“嗯？”由于这个回答完全出乎我的意料，我只是稀里糊涂地回应了一声。

“你那点儿烦恼，并不会对周围产生什么影响。”它的说法让我感觉很不爽，于是我开始揉捏它的脸。“你这家伙，什么叫我这点儿烦恼，说话太伤人了吧。对我来说这烦恼已经够沉重的了！”

“快住手！快住手！”

“真是的！”

“主人，虽说阴气会在体内堆积过剩，但它是否会引起精神方面的异常，这取决于个人的具体情况。而且，暂时性地消除它也并不代表人就会变得健康、万事大吉了。因为吸食阴气不等于操纵人的精神。”

说什么要取决于个人的具体情况！照这么说，总结它刚才的说话内容，不也就等于说我是个意志软弱的人吗？可是，日野又会怎么样呢？

“那我问你，之前你说日野可能会‘不妙’，是什么意思呀？”

“精神状态如何变化因人而异，既有像你这样动不动就缩手缩脚的人，也有表面上不动声色、几乎看不出情绪变化的人。那个叫日野的女孩子应该是后者。”

“那么，你看到了什么？怎么就‘不妙’了？”听到我接二连三的问题，小樱从我的膝盖上跳下来，挺直了身体，然后看着我，说："主人，我曾经告诉过你，妖怪都会像我一样，靠吸食凡人身上强烈的情感来维持法力，你还记得这事吗？"

"我记得，你在吸食我身上阴气的时候说过这样的话。"

"堕妖吸食凡人身上的阴气后，会用获得的能量攻击凡人。"

什么？攻击？凡人？"等一下，你是说妖怪会把日野的心——也就是她身上的阴气，当成食物，然后再对她做些什么，是吗？"

看我有点一知半解，小樱只是"嗯"了一声，停顿了片刻后又接着说："妖怪会对她做什么，或者已经做了什么我无从知晓。不过，那个表面不露声色的女生，身上的确散发出相当强烈、浓重的阴气。就算她利用表层意识加以控制，尽量不在行动或表情中表现出来，可这对于以阴气为食的妖怪来说都无济于事。另一方面，尽管她的精神已经被当成妖怪的食物，但她本人不会直接行凶，所以会发生什么事情真的不得而知。"

这事要说离奇也确实非常离奇，可事实上，一只吸食了我的精神后变形失败的猫妖如今就在我眼前，所以我对整个情形已经有了大致了解。"那，究竟，是谁，不对，是哪个家伙干的呢？"

"这个我也不知道。"

"到底为什么要这样呢？"

"那是因为，攻击凡人并使其极度惧怕，妖怪可以更容易地获取增强妖力，也就是提升灵格的阴气。倘若因为这种莫名其妙的妖力而引发令人恐惧的事件，那妖怪就可以从受害人身边的其他人身上同时吸食阴气，这样就能达到事半功倍的效果。世上流传的那些怪谈故事，很多都是这样的。”

该说些什么呢？我竟无言以对。不过从小樱所说的内容来看，日野的精神有可能成为妖怪食物这件事，应该与她现在面临的烦恼没有直接关系。老实说我对这种神秘超自然的事情完全不能理解，但不属于超自然现象的部分就另当别论了。

“不管怎么样，还是要先问一下。”我打定了主意。

“你要问什么？”小樱问道。

就在这时，突然有人从我身后冒出来，“哇啊”地大喊一声，吓了我一大跳，我不由得腾地一下站起身来。

“打工，结束喽！”

“哎呀，是日野啊，你别吓人嘛！”

日野一如既往情绪不高的样子，她在长凳上坐下，开始抚摸起继续忙着吃饭的小樱。“毛茸茸的。”看来她还真是喜欢猫咪。

“这女孩子怎么回事嘛，总是在我吃饭的时候摸我。”小樱向我表达不满。

“你吃的这种罐头不错，不过要不要尝尝这个？”说着，日野从带来的一个袋子里取出一盒新罐头，在小樱的面前打开。“这是英国进口的超高级猫粮罐头，里面混合了鸡肉、薯类、海藻以及其他植物成分，人也可以吃。”不知是否是心理作用，我看见日野的脸上露出一丝得意扬扬的表情。

“主人，我觉得这女孩子还是有不少可取之处的。”小樱好像一下子就被收买了，它一边品尝超高级罐头，一边开始享受来自日野的抚摸。

“你还真是够现实呢！”

“要先善待自己的胃嘛。”

我叹了口气，隔着小樱坐在了长凳上。无论如何，我得问清楚那件事。

“对了，你说有话要问我。”日野先开了口。

“假如，这事你不想说，也可以不说。不过……”我说得吞吞吐吐。

“朝雾同学，你闲得没事儿吗？”

“嗯？”我怔了一下，说：“你这么说我很难过。”

“开玩笑的。”

就算被她一本正经地数落一顿，我也还是要问。不过，日野抚摸小樱时的表情，还是比较柔和的。趁这个时候或许可以跟她谈一些稍微复杂的事。

“就是昨天那事儿，那个，尽管这样说不太好，可那个女生，真的是你朋友吗？”对于我的提问，日野默不作声。“如果真是她说的那样，至少我不能接受。”我又郑重其事地说道。

尽管只有短短的十几年人生经历，但我也懂得一件事：世上虽有因金钱而破裂的友情，但却难有靠金钱维系的友情。

日野丝毫没有想开口的意思。这是没有办法勉强的，我也不能强求她。于是我决定静静地等待日野的答复。

在我们附近的美食广场，时不时可以看见当地小学生模样的孩子们跑来跑去，他们看上去关系十分融洽。小孩子嘛，不就应该像他们这样嬉笑欢闹地相处吗？我又想起在爷爷武馆上课的那些孩子们，很难想象他们能说出像昨天那个女生一样的话。昨晚我就翻来覆去想了很多，但最终也不明白那个女生那样做的理由。

“咱们小的时候，发生过一次大地震，还记得吗？”日野慢吞吞地说起话来。

“记得。”说起地震，我觉得她指的应该是我们上小学时，给整个本州地区带来巨大灾害的那次大地震。那次灾难不仅夺走了众多生命，还摧毁了各地的生活设施，直到今天人们心中仍残留着无法抹去的伤痕。

“地震过了一年多吧，我身边就开始发生了变化。那时，我爸爸是电力公司的技术员。”

此刻我已经感受到有一种无法形容的、紧紧缠绕附着的东西将她的心捆绑起来。日野和我一样，呆呆地注视着美食广场上玩耍的孩子，然后继续说道：“以前一直玩得很好的朋友，从那时起开始要求我请客。”

“怎么能这样？”

“一开始，只是要求我买些零食呀饮料什么的，我笑笑也就忍了。可自从上了初中，我注意到身边的人都开始这样对待我……他们会说‘你爸爸在国家资助的企业里工作，工资待遇都很好’。我已经无法以笑脸面对他们了。”

“这太荒唐了。”

那场大地震后，作为能源基础建设中枢的大型能源公司开始备受争议，这件事连我们这个年龄的孩子都知道。因为在后来的各种调查报道中，屡次提到高层领导的乐观想法导致地震后出现了更为严峻的局势。而当时为了处理善后事宜不停奔波的现场技术人员，非但没有得到感谢，反而遭受各种无端的责难和鄙视。

“主人，这个国家的人自古以来就是如此吗？”小樱一边享受着日野的爱抚，一边问道。当然，日野以为小樱只是一只普通的猫咪，或许她也能听到小樱喉咙里咕噜咕噜像是说话的声音，所以我不能回答小樱的问题，只能默默地听它说话。

“主人，从这件事可以看出，往往都是大人们的偏见和嫉妒心在作祟，这也反映出这个国家的国民性。父母工作上的事情，一般不会对孩子说得那么详细吧？这种事在我出生的江户时代也发生过，并不稀奇。”

听着听着，我觉得心里的阴影不断在扩散。而小樱继续郑重其事地说：“人类的孩子们无意中听到大人背地里中伤他人的话，然后就原封不动地——不对，是自以为幽默地添枝加叶后，到处宣扬。正因为孩子们单纯得像一张白纸，所以沾染污垢就是一眨眼的事。加上因为分不清善恶，掌握不好分寸，才导致他们毫不犹豫地去做那些伤害他人的事情。”

我突然觉得一阵恶心。只要上网随便搜一下，这类事例比比皆是。透过这些现象可以隐约看到自古就根植于村落社会文化中的一些消极负面的陋习。如果只是孩子们之间的小打小闹倒是另外一回事，但如果连身边的大人们都营造出这样一种恶劣的环境，那孩子们就难以避免地会受到影响。

“正因为不觉得这事有什么不对，所以那个女生才丝毫不会感到惭愧。于是，我和初中那些同学，毕业后就再不联系了。”说这话时日野的表情，表面上看没有什么变化。讲述痛苦经历或不愉快回忆时的踌躇与迟疑，在她的表情中都没有表现出来。然而，日野如此淡漠地讲述着自己的过去，就像朗读课本上的历史年表一样，这反而一下子刺痛了我这个旁观者的心。

“我家养过一只猫，跟小樱一样，是只黑猫。多年来它一直是我的好朋友……可是，因为年岁太大，它去年死了。”日野的语气有些感伤。

“你要是喜欢小樱，可以随时来跟它玩！”

“好。”

“不经过我同意就擅自安排，这合适吗？不过，我倒是也愿意。”日野抚摸小樱的下巴而它并不抗拒，这说明小樱也喜欢这样。

看着这一幕，我想起了她昨天说过的那句话：“有些事如果一想起来就会觉得痛苦，而且倘若只涉及个人，那就没有必要勉强自己去面对。”原来如此，这句话可能不仅仅是说给我，同时也是说给她自己。如果对方自己意识不到错误，那无论你做什么对方都不会悔改。既然如此，只要保持疏远，只要对方不主动接触你，就没必要去考虑这件事。

既然日野做了这样的决定，那么只要昨天那个女生不再来挑衅，我想我能做的事情也只有一件。

“日野同学。”“怎么了？”日野停住抚摸小樱下巴的手，朝我看过来。小樱也直勾勾地抬头望着我。短暂的沉默后，我一边心里想着：“这种话还是第一次说出口呐”，一边开口说道：“我们，做朋友吧！”

又是一片沉默。日野和小樱全都目瞪口呆。

“看我，又不是幼儿园小朋友，连我自己都觉得刚才的话有点怪。”我急忙自嘲，想缓解尴尬的气氛。

“主人，你就不能把话说得更中听一些吗？”小樱真是多管闲事！我的表达沟通能力确实不强。我瞪了一眼满脸愕然的小樱，就听见日野说道：“朝雾同学。”她稍作停顿后，接着说：“朝雾同学，你可真是个怪人。”说这句话时，她的表情比平时多了一丝温和。

幕间　色彩

我与朝雾和他的宠物猫小樱在购物中心门口告别后，准备回家。我家住在鹈原南，通常我都是坐公交车，可今天不知怎的，有种很想走路的心情。当下的时节，说是秋天还尚早，空气中仍带着夏末的残暑。

这是对我来说已经熟悉得不能再熟悉的住宅区，我熟悉街上行驶的车辆以及来往的人群。可我已经好几年提不起兴趣去关心住宅区有多大、街道有哪些变化、行人是怎样的表情之类的问题了。在我眼里，所有景色都只是一片灰色。无论天空、建筑物、行道树、车辆，还是人。一切都是黑白的，宛如过去的老照片。可不知为什么，我开始觉得这些东西又慢慢恢复了颜色。

曾经的朋友们不再与我为伴，她们在我眼中的世界里渐渐褪了色。而唯一能听我吐露心声的宠物猫不幸死去，使我对仅存的一点色彩也失去了感觉。我已经很久不会笑了。我已经变得不会与人友好相处，我能做到的就只有不起任何波澜、安静地与人保持最低限度的交流，应付差事而已。这样至少可以不给因工作而烦恼的父亲增添负担。

反正到了高中，只要这么忍着，就不会卷入不必要的麻烦。所以，高一我就是这么过的，到了高二，除了一些事务性工作外，已经很少有人跟我搭话。然而，朝雾却不同寻常。昨天的那些话他一直在旁边听着，明知道一旦沾上很可能会有麻烦，可他今天还对我说出“我们做朋友吧”这种话，真不知道他是怎么想的，做好事也得有个限度的吧。

一般来说，都会觉得他要么确实老实巴交，要么就是在打什么小算盘。可是一想到他被一只宠物猫折腾得团团转的情景，我就为自己瞎猜疑而感到自责。不行，不能这样。我好不容易才得到了这样的朋友：他无意中了解到我的过去，却仍然愿意把我从灰色的世界带向五彩斑斓的地方。我觉得我应该更高兴才对。再说，能和天使一般可爱的小樱相识，不也是命运的安排吗？

我已经忘记了应该怎么笑，只能握拳轻轻做了一个振臂庆祝胜利的动作。嗯，这个感觉应该不错。而正好从我身边路过的行人却好像被吓了一跳。我已经好几年甚至连假笑都不曾有过，这也是不得已的事。不过，要是与朝雾和小樱在一起，我会不会慢慢拾起早已忘却的笑容呢！那样一来我在家里肯定也会变得更开朗一些。如果只是个人心情的问题，就没有必要强迫自己面对不愉快的回忆。

对了，等拿到打工挣的钱，我想给小樱再买些罐头以外的其他东西。买什么好呢？我停下脚步，在手机上查找宠物猫的相关用品。逗猫棒、滚球、猫咪运动屋……这些玩意儿吧，确实没什么新意。“猫用鼠形抱枕……”看到这张图片，联想到小樱扑过来抢抱枕的情景，我心中油然生出一股喜悦之情，这个应该不错！

刚搜索了一会儿，就冒出不少猫用玩具，我又觉得也应该参考一下我们店里的进货品种。好难啊，买什么好呢？为了看到某人（我是为了看到某猫）欢喜雀跃的样子而左思右想、绞尽脑汁的情况，已经好多年不曾有过了吧。

没关系。我一定能恢复如常。无论是失去的时间，还是朋友。世界已经开始恢复色彩。我脚步轻盈，仰望天空。接下来只要一点一滴增加快乐就好。

我要重新——

“小咲。”突然听到一旁有人喊我的名字。扭头一看，发现是我熟悉的面孔。就是昨天在购物中心跟我搭话的初中同学——厄岛，还有两个和她穿着同样校服的学生。

真是狭路相逢。我发自内心地后悔没有坐公交车回家了。

“你来得正是时候。”她像是面对一个深交多年的老朋友一样，带着纯真的笑容向我走过来。“今天没有和你那个男朋友一起？”

“朝雾同学不是我男朋友。”我瞪眼怒视着厄岛，可她毫不在意，在我背上砰砰拍了两下，说：“还不好意思呢，小咲真可爱哦！”

她居然还笑了起来。这算怎么回事。这家伙表现出的这种亲近感，说实话，超出了我的理解范围。然而这种情况在现实中却真实存在。

上初中的那几年，她不断向别人敲诈零用钱，见缝就钻，努力让自己在多数人加入的交友团体中占据着中心地位，好像"和谁都能自来熟地成为好朋友"。关键是这种人并不觉得自己如此行事有何不妥。

"喂，我说，有空的话咱们一起去玩儿吧。"我甩开厄岛伸过来拽我的手，头也不回地走开了。

"你干嘛？小咲！"厄岛大声喊着我的名字，我毫不理睬地继续往前走。

多亏朝雾和小樱，我的世界才渐渐开始恢复色彩。这或许是一件美好的事情。物体的形状、街市的声音、朋友的友情，能够从这一切当中体会到或喜或忧的感觉，这一定可以使人生丰富多彩。但，与此同时，或许也就不能再将可憎的事情一味驱逐到黑白的世界里视而不见了。

讨厌，我不想这样。由于现在能够感受到绚丽的世界，所以我能感觉到自己内心深处那些丑恶的阴影变得愈发明显。本来已经驱走的记忆又被挖掘出来。明明已经全部涂黑了，明明已经抛到了九霄云外，可它又从记忆中慢慢爬了出来。

我的脖颈上有手指在滑动。有人吗？求求你！任何人都可以！不行！朝雾同学！快将我，从这里……拜托！

我全力跑回家，一头栽倒在自己的床上。"救救我……"一种莫名其妙的情感从我的内心涌出，我仿佛听到一种有什么东西在尽情咀嚼这种情感的声音。

第三章　大雨

1

我和小樱回来，看见奶奶正在二楼阳台上收衣服。“奶奶，我回来了。”“哟，回来啦！看样子，事情办得不错？”“嗯，算是吧。”

“回来的路上主人一直垂头丧气的，真让我感到不知所措。洋子夫人，晚饭我想吃烤鱼。”“行行，没问题。梦路，我要去做晚饭了，你能帮我把剩下的衣服收进来吗？”“嗯，好的。”看着奶奶回了房间，我这才走进家门。

“帮我把被褥放进壁橱里面啊！”奶奶边说边从楼上下来，擦肩而过时用胳膊肘戳了我一下，说：“朋友的事要是解决了，下次可以把她带回家玩儿。”奶奶迈着轻快的脚步朝厨房走去。

“主人，你挡着我的路了。快点上楼。”小樱这家伙真是讨厌！

“咦?”我把手机、钱包还有猫粮罐头随手扔进自己的房间，准备去阳台收衣服，这时才突然发现不知什么时候天上布满了乌云。和日野在购物中心分手的时候，还有回家的路上，不对，别说这些时候了，就是刚才和奶奶在门口说话的时候，应该都还没有变天呢!

“主人，怎么了?”“哦，没事，我觉得这会儿天变得好黑啊。”“嗯。”听我这么一说，小樱也抬头望了望天空。

现在夏天还没有结束，在气温极高的日子里，下雷阵雨也是常有的事。好像还会出现仅在市中心方圆几公里范围内突降暴雨的情况。鹈野森这个小城是个不错的地方，但像现在这样本来万里无云的大晴天却突然变得如此阴沉，印象中好像从来没有出现过。

“已经开始下雨了。”刚才一直沉默的小樱忽然开了口，我也感觉到雨点稀稀拉拉滴落在我脸上。“呀，糟了!得赶紧把衣服收进来，不然又全淋湿了。”我匆忙去收外面剩下的被褥和衣服。

“小樱!你的法力要是已经完全恢复，就赶紧使出点怪招儿帮帮忙。”“我要出去一趟，晚饭给我留着。”话音刚落，小樱轻松地越过阳台栏杆跳到了地上。然后，一阵风似的穿过神社院落，朝市区方向跑去，片刻就消失得无影无踪。

“这只猫妖!关键时刻竟然跑了!真是的，雨还真下起来了!”还没等我抱怨完，雨越下越大，我不得不赶忙收衣服。被褥被我最先收进来，所以幸免于难。但剩下的衣服大部分都淋湿了，需要挂在屋里晾干。我花了相当长时间才把这一系列工作全都处理完。

我下到一楼的时候，奶奶好像正要开始烤鱼。“那个，小樱那家伙说让给它留着晚饭，然后就出去了。”“哟，是吗？外面雨下得好像挺大，小樱不会有事儿吧？”奶奶把洗碗池后面的那扇窄窗打开一条缝，朝外看了看天气情况。

从房檐上落下来的雨水，滴答滴答显得十分沉重。雨势丝毫没有减弱，反而像是越下越大。“天气预报好像没说有雨啊。”就算想去找小樱，我也不知道它去了哪里。

“算了，既然它有要吃晚饭的意思，估计到时候就会回来。”“说的也是，那我就把小樱的饭单独留出来吧。”“好的，麻烦奶奶了。那我上楼写会儿作业。”“行，去吧去吧。”

这两天忙乱得连作业都没写完，所以我决定先上楼一趟。回到自己屋里，坐在椅子上，我看了一眼窗外，却没有发现小樱返回的迹象。好在还没有刮风，不过单是这雨就已经下得够大了。

“也不知道它会从哪个地方进来。”我打开窗锁，把窗户稍微推开了一些，保证雨水不会吹进来就行。就在我打算取课本，准备翻动放在床边的书包时，发现扔在一旁的手机上灯一直在闪。不会又是阿悟吧？我看了一眼屏幕，是一条短信。“居然是日野发的？”屏幕上显示着“一条未读信息——日野咲”。

我们在购物中心聊天时互留了对方的联系方式，所以收到她的短信我并不感到惊讶。可是，会是什么内容呢？连我自己都觉得我对她说“我们做朋友吧”那句话，简直就像刚转学的小学生之间才有的交谈内容。

我满怀疑惑地点开了短信，结果简直不敢相信自己的眼睛！“救命！”两个字豁然印入我的眼帘。

这是什么意思？这不太可能是因为打错了字，而日野也不是那种会发这种短信开玩笑的人。从我们在购物中心分手到现在至少过去了一个半小时，虽然不知道她住在鹈原的哪个区域，但按理说早就应该到家了。

难道是我们分手后出了什么事？我有种不祥的预感，急忙回复了一条信息：“出了什么事？”不一会儿工夫，日野就回了信息，内容和刚才一模一样。

仅凭这条信息，我完全搞不清具体状况呀。“真是的！”我急忙下楼，拽下门口架子上放着的雨衣。

应该是听见了我咚咚咚下楼的声音，奶奶从厨房探出身来。“哎呀，梦路你也要出门吗？饭马上就做好了呀。”

“奶奶对不起！等我回来再说！”话音未落，我就披上雨衣朝门外奔去。半路上正碰见刚从武馆上完课回来的爷爷。“怎么这么晚了还慌慌张张往外跑！”

“对不起，我赶时间！”我已经做好回来后挨批的准备，毕竟现在时间紧急，顾不上多说。虽然不知道日野在哪儿，但我现在只能先往鹈原那边赶，希望路上能收到她告知所在位置的信息。我跑下台阶，飞身骑上了自行车。

2

我顶着大雨骑车飞奔，庆幸自己没有打伞而选择穿雨衣。虽然并没有刮风，可说实在的，这雨下得有些不同寻常。穿过商店街，来到东鹓野森，再横穿国道，翻过铁轨，感觉越往鹓原方向雨下得越大。

“这到底是怎么回事？”可能是受天气的影响，现在虽不是深夜，街上却完全看不到行人，让人感觉好像是这场大雨阻挡着不让人们出门似的。

我左摆右摆地绕过一处处积水，快要进入鹓原新区的时候，露在雨衣外面的裤子和鞋已经全都湿透了。我先躲到一家便利店旁避雨，接着掏出了手机。

没有回复。

“没办法，只能……”要是搁平时，我可能会犹豫，可现在不是踟蹰不前的时候。于是，我翻出最新保存的联系人号码，给日野拨打过去。

电话开始呼叫。一声、两声、三声……十声。

“没人接，这样下去，完全没办法联系呀！”我正准备挂断手机的时候，忽然听见了电话接通的声音。“喂！是日野吗？”我大声叫她，但是没有任何回应。“日野，你现在在哪儿？出什么事了吗？”我一直在叫她，可还是没有丝毫回应。

暴雨砸在地上的声音太嘈杂，搅得人完全听不清楚，我心急如焚。突然我脑子一闪，急忙把耳朵贴在手机上。果然，电话那头儿也传来了猛烈的落雨声。

“她是在这片雨中，还是雨外呢？”我不停地猜想，难道是在家里出了什么事？

不对，起因可能是在家里，但至少此刻她在外面的可能性很大。可是，她到底会在哪里呢？单是鹈原新区这个地方就够大的了。“总之得先找找。”我这么想着，正准备重新蹬上自行车出发的时候，只听：“我刚回到家就听说你慌慌张张出门了。真是多管闲事的主人啊！我想要更多的猫粮罐头。”小樱不知道从哪冒了出来，跳进了我的自行车前车筐。

“小樱！你去哪儿了！”“我有点事放心不下，就去查了一下。倒是主人你，这副模样来这种地方干什么？”“日野好像出了什么事。她给我发了一条短信，上面写着‘救命’，可我不知道她在哪儿。从电话里我能听见雨声，所以感觉她好像在外面。”

“嗯。”小樱抬头仰望阴暗的天空，像是把周围环视了一圈。“主人要找的和我正在找的东西可能在同一个地方。”“什么意思？”我茫然不解。“主人，先别说话！”说完，小樱念念有词地嘀咕起什么来。大约三十秒后，小樱才接着说：“白天我已经记住了日野咲的气味和灵气，所以应该能找得到她。”

“真的？”我将信将疑。

“希望你不要小瞧灵兽的鼻子。”小樱一副神气十足的样子，我把它从前车筐抱出来，放进我的雨衣里，让它从领口可以露出头来。

“哟呵，真想不到，主人你还这么胆大！”

“别开玩笑了，你在前车筐会被雨淋的嘛！不过，现在你得忍一忍！”说着，我离开便利店的屋檐，蹬上了自行车。

在小樱的指引下，我最后到达的终点，是白天曾经来过的鹈原的购物中心。“你这家伙，这是日野打工的地方，你搞错了吧？”“说话真没礼貌！别说气息了，就连灵气的痕迹也不会存留很长时间。日野至少应该就在这附近。嗯？主人，你看那是？”

我顺着小樱的视线看去，发现有红色的光在闪烁。雨下得这么大，怎么还有一群人在那里？

“呀？啊啊，好像是救护车吧，该不会是?!”我背后一阵发凉，赶紧朝人群方向跑去。“不好意思，借过，借过。”我从看热闹的人群中挤到了救护车旁，总算大致能看清担架上那人的模样了。

不是日野。我瞬间松了一口气，但紧接着下一秒我又意识到另外一件事：那个人我见过。她就是昨天与日野搭话的那个初中同学。

“麻烦问一下，那个人怎么了？”我向旁边一个看热闹的人打听。“听说好像突然一下就晕倒了。”如此说来，可能是贫血或其他什么原因吧。总之，如果是她自己晕倒，那就应该和日野没什么牵扯。

“主人，主人。”小樱像是要说什么，我便走到离救护车较远一点的地方。“日野好像没在这里。那个女生就是上次跟日野搭话的人，据说她只是突然晕倒了，可能是贫血或什么的吧，应该和我们要办的事……”还没等我说完，小樱就抢着问：“会不会是因为日野咲？”

“你这家伙，开玩笑也有点过分了！”

“准确的说法应该是‘因为附体在日野咲身上的妖怪’。”小樱补充说道。

附体？“负面情绪越积越多的话，身上就会缠绕大量的阴气。这我前几天不是给你说过了吗？”

“啊，你说的是以这些人为食的妖怪，为了持续有效地吞噬阴气，会不断袭击这些人身边的人，从而使其产生不安和怀疑。”说到这儿，我心里突然咯噔一下。“小樱，该不会是……”

“我看，应该是的。”

但我觉得这与小樱说过的话有些出入。“可是，那些成为妖怪食饵的人本身不是不会发生异常状况吗？”之前我问过小樱，如果我的阴气没有被她吃掉会产生什么影响，当时它的确回答说“没什么影响”。既然如此，那么日野身上所发生的事情不就应该与妖怪没什么关系才对吗？

“如果只是被妖怪吞噬了阴气，那对宿主本人几乎没有影响。可如果妖怪自身的妖力，也就是所谓的‘法力’产生作用的话，那就另当别论了。”

“法力？”“嗯，主人。你看那里面。”商场里因为已经结束了营业，所以有些昏暗，不过还是能看见一个小小的人影。那个像幽灵一样站着的人影，没有带伞，开始往商场背后走去。

“是日野吗？”“主人，快追上去。”我二话不说再次蹬起自行车，朝人影逐渐消失的方向飞奔而去。

商场背后设有卸货搬运的出入口，这里与商场正面不同，因为缺少照明，所以营业时间结束后变得一片漆黑。

“日野！你要是在就答应一声！”我试着呼唤她，可是没有任何回应。我环顾了一下四周，一片漆黑，无从寻找。“小樱，你能用鼻子再仔细找找吗？”

“嗯，确实就在这附近，可……”小樱的答案显得似是而非。“你这搜索也太粗枝大叶了吧。”“都怪这场雨，效果减半了。”但目前也只能依靠小樱这功能减半的鼻子了。我从雨衣里掏出手机，按下了重拨键。我拨打的是日野的号码，如果她在附近，只要手机没有设成静音，那么铃声一响我应该就能听到。

过了不久，“铃铃铃，铃铃铃”，铃声就在我身后响起，而且非常近，我吓得转回头的那一瞬间，感觉自己被什么东西撞了一下，随即翻滚到柏油路上。

我呻吟着抬头一看，发现日野湿淋淋地站在那里。

“日野！”可是，感觉有些不太对劲。虽然她面对着我，可是她的眼睛却空洞呆滞，毫无神采。

“主人，你仔细看日野咲的背后。”“背后什么也没有啊。”

——在空空如也的地方。在应该空空如也的地方，隐约可以看见一双半透明的人手。那双手时不时地抚摸一下日野的脖颈。

“那是什么?”莫名的恐惧令我的心跳越来越快。

“快看!要现身了。”小樱话音未落，只见在那双半透明的手后，刚才看不见的部分依稀显露出来，很快，出现了一个成年女性的轮廓，但脸上的细节却看不清楚。

小樱从雨衣里跳出来，站在我和日野之间。“本来我是想等自己完全恢复后再出手的，可……主人，我去把那玩意儿从日野咲身上撕下来清除掉，你把日野咲带回神社。如果能除掉那家伙，估计日野咲不久就能恢复意识。”

“神社?你是说我家?”

“对。因为那里是这个镇上最神圣、最安全的地方。只要待在那里，妖怪就不会再对日野下手。”

原来，小樱之前说住在我家最舒服并不是随便说说而已。“我懂了。可是，小樱，你不是还没有完全恢复吗?不要硬来呀。”

“遵命。”话音刚落，小樱就朝日野冲了过去。日野身后的那个妖怪伸出半透明的手臂企图抓住小樱，而小樱一跃跳起老高，轻盈地躲开了。

“喵嗷!”小樱一边朝妖怪所在的方向降落，一边大吼，浑身上下光芒四射，就像前几天在我房间使用变身法那样变成了人形。它刚一落地，就猛地一把揪住了妖怪的头。或许是因为灵力得到恢复，比起上次来，小樱此时的模样已经更像大人了。

“唉，本想就此将它除掉，可惜恢复的灵力还不足以捉住它。”小樱感到心有余而力不足。妖怪为了从小樱手中逃脱，一直在拼力挣扎。“别想跑，瞧我现在就把你从这位宿主身上撕下来！”说着，小樱掐指做出结印手势，口中开始念念有词。“诸不净触于身，诸不净不触于心。诸不净思于意，诸不净不思于心。”

就在小樱与妖怪搏斗之时，突然“咔嚓”一声，火光四射，紧接着传出一阵刺刺啦啦、像是什么东西被剥离的声音，随后日野便跪坐在地上。我急忙上前扶住了她的肩膀。

小樱紧紧抓住从日野身上剥掉的妖怪，飞身一跃跳到大楼的二层，将其按在了墙上。

“日野！”“朝雾同学。”日野看似神志有些模糊，不过好像还有意识。

“小樱！她好像没事了！”“嗯，我还担心她可能会长时间神志不清呢，从现在的状态来看非常好。主人！我先把这家伙甩掉，你们赶快回神社去！”话音刚落，小樱就揪着妖怪的脸朝更高的地方跳去，眨眼间没了踪影。

“朝雾同学。”听见日野叫我，我才回过神来，慌忙松开了搂着她肩膀的手。是的，对日野来说，我是在她完全不知情的情况下出现的。

“对……对不起。没事吧？有没有受伤？”我急不可待地问。日野脸色有些苍白，也难怪，下这么大的雨，她在外面走动也没打伞。我把自己穿着的雨衣脱下来给日野披上，临时凑合一下。“不好意思，先用这个将就一下。”

“刚才那个是小樱吗？”日野的问题有些出乎我的意料。“那个……”我无言以对。“虽然有点迷糊，可我记得刚才看到的情景。”“啊，那个，该怎么说呢？”我一时不知如何是好。“小樱变成人，飞走了。”糟糕，看来全被日野发现了。

“朝雾同学，我现在有好多好多事情想问你。”她用一如既往的不屑眼神盯着我，让我很不自在。即便我想解释，可这一连串不可思议的事情又怎么对她说呢？

日野一时间一脸迷惑，但又马上摇了摇头，再次目不转睛地盯着我说：“现在，最好还是离开这儿吧。小樱说的话我也听见了。”小樱曾说过，灵力达不到一定水平的人是听不到它说话的。

白天那会儿，小樱在日野面前说话时，恐怕日野只知道小樱是一只普通的猫咪，而从目前的情况看，她由于被妖怪附体，已经增强了那方面的感觉。

“对啊，先回神社吧。”此刻，我才意识到一个难题：小樱让我把日野带回神社，可我该怎么对她说才好呢？这里是鹈原，对日野来说，就目前所处的位置，怎么着也是回她自己家才理所应当呀。要是对不明真相的日野说“跟我回家”，那岂不是很奇怪吗？

“小樱清楚发生了什么吧？”“嗯，算是吧。”“你和小樱约在那个神社会合对吗？”“嗯，是的。”“那就走吧。”决定得竟然如此迅速！我刚才一个人犹豫不决、思前想后似乎变得毫无意义。等我回过神来，雨好像也小了，我想还是趁早回家，确保安全。

“日野，这里到我家有些远，你坚持一下。我爷爷奶奶不会说什么的。”我扶起自行车刚一开始迈步，日野就跟在旁边，一副疑惑的表情。“怎么了？”“你说‘我家’？”“嗯，是我家，鹈野森神社。咦，你不知道吗？因为班里同学都知道，我还以为你也知道呢。”“是吗。”久久的沉默之后，日野只说了这么一句，然后突然加快了脚步。

“喂，等一下，日野你？”日野不顾路上的积水，吧唧吧唧溅起水花，好像故意要从水里蹚过去似的，我急忙跟在她身后。“怎么突然走这么快？”“没什么，没什么。”日野像念经一样嘟哝着，一个人径直往前走。我在后面追她，心想得先回到鹈野森神社。

3

“可算回来了。”将近晚上 9 点，我们进了家门，奶奶第一次见到小樱在自己面前说话时都面不改色（以前好像见过猫妖），可这次却惊得目瞪口呆。

“会感冒的！有什么等会儿再说。先赶紧把两个落汤鸡收拾收拾。”爷爷从客厅探出身来如是说道。还是爷爷比较冷静，事后想来觉得爷爷的话挺有意思。

嘴上虽然这么说，可在奶奶领日野去洗澡、更衣的时候，爷爷却一言不发，一直瞪着门口浑身湿透的我。奶奶这边还好说，等小樱回来自然可以讲清楚，可爷爷没法与小樱沟通，这种状况应该怎么向他解释呢？我觉得这才是目前最棘手的问题。

“宗一郎，梦路，你俩一直在门口干嘛呢？”大约过了 20

分钟，奶奶领着换过衣服的日野回来了，看到我和爷爷后十分吃惊。

“我在监视这个蠢货，以免他起歪心！”原来爷爷担心的是这个。

“怎么会！他是你孙子，做不出那种出格的事。”奶奶也真是的，搞不清是在帮我说话还是在挖苦我。“梦路，你也快去洗个澡吧。别端坐在门口了，感冒了可怎么办！”

“好，嗯，这就去洗。”在奶奶的催促下，我打算去浴室，这时与奶奶身后的日野对视了一下。她穿的衣服好像是妈妈以前穿过的。我家现在没人会买年轻女孩子的衣服，所以奶奶应该是从已经收拾起来的衣服里拽了几件。从日野旁边经过时，她朝我微微点了点头，我也点头还礼。一股淡淡的香味让我鼻子痒痒的，我快步走向浴室，以免被人发现自己的脸红了。

脱下湿淋淋的衬衫丢进洗衣篮里。我照了照镜子，发现右脸颊上有一块青斑。估计是被那个妖怪猛撞出去时留下的。刚才完全没有注意到，现在感觉有些疼。“那家伙明明是半透明的，遭它突然袭击怎么还会受伤？”像小樱那样有肉身的妖怪也就算了，我竟然被这种半透明的妖怪打击得毫无还手之力，这口气我真是咽不下去。

说起小樱，那家伙不会出事吧？从购物中心事发到现在已经一个多小时了。小樱说它要去甩掉那个妖怪，估计是因为目前还无法完全消灭它，所以才这么说。可要是稍有失误，小樱遭到那家伙暗算怎么办？想到这里我不禁担心起来。“拜托，一定要平安回来。”总之，我一方面祈祷小樱平安归来，另一方面也得考虑怎么请求爷爷奶奶保护日野。

一切尽自己所能吧。我得先洗个澡，于是打开了浴室的门。“凡人的洗澡水对我来说有些烫，想请你把温度稍微调低一点儿。”洗面池里蓄满了水，一只满腹牢骚的黑猫泡在里面。

“你这家伙！”“喔，主人。不要用手随便指人嘛。”“你从哪回来的！爷爷刚才一直让我在门口正坐来着！”“当然是从二楼主人的房间进来的呀。”

估计是听见我在浴室里大声说话，“梦路，出什么事啦？”“朝雾同学，你怎么了？”奶奶来了，不知为何连日野也跟了过来。她们看见我拿着一条毛巾和小樱嬉戏打闹的样子。可以说，小樱没有变身这一点救了我们俩。

客厅里，我和日野正对面坐着爷爷和奶奶。小樱躺在旁边的一块坐垫上，慵懒地打着哈欠。既然那个妖怪现在还盯着日野不放，那她回自己家就有危险。当务之急是无论如何也要让爷爷奶奶同意保护日野。但目前最大的难题就是爷爷。归根结底是因为虽然小樱可以用最简洁的语言将这一连串匪夷所思的事情讲清楚，可是爷爷却听不懂小樱说话。

爷爷虽然是鹈野森神社的宫司①，可是现如今的神职人员与有无灵力并没有必然联系，只不过是身份高贵的一种象征性职位罢了。现场在座的人当中，唯独爷爷是神职人员，

① 神社的最高神官。

可最没有灵力的也是爷爷。将这次事件中匪夷所思的要素剔除，再牵强地编成一个故事，用这个故事去说服爷爷，这确实不是一件容易的事情。爷爷本来就是一个很传统的武术家，如果对他说谎，那后果会很严重。

“那么，我想问问……”一直沉默不语的爷爷终于开口了。他的眼睛只瞪着我一个人。“梦路，你大半夜把人家千金小姐弄得浑身湿透带回家，就没什么要解释的吗？”要是背后没有这接二连三的神灵风波，爷爷说的确实都对，一下子就能把我“将”住，我只有低头认错的份儿。但在爷爷这儿又指望不上小樱，所以我只能自己想办法应付。不管怎么说，日野的事是我主动掺和进去的，我必须自己承担相应的责任。

“爷爷，这件事情的前因后果，想让您理解可能有点困难。”

“所以呢？”

“但我发誓，我没有做亏心事。即使日后您惩罚我也没关系。现在要是让日野回她自己家就会有危险，所以，至少请允许她今晚先待在我们家。”我只说了这些，随后就向爷爷低头恳求。就算把详细情况一五一十全说了，爷爷恐怕也不会明白。我觉得既然如此，与其拙劣地撒谎还不如把能说的全说出来，然后恳请爷爷应允。

“哎，你什么都没说明白啊。”爷爷一脸困惑地挠了挠头。“日野小姐。我这傻孙子他是这么说，可你是有什么为难的事情吗？刚才梦路说你不能回家，是和父母发生了矛盾吗？”

爷爷转而去问日野。

日野低垂着头，很快，她抬起头认真地对爷爷说："我爸爸今天不在家。他是电力公司的技术员，每个月有一半时间都在外地。我妈妈，好几年前就离家出走了。"

爷爷听着这一席话，脸上露出了复杂的表情。我也掩饰不住自己的惊讶，屏住了呼吸。"那么，不能回家是因为什么呢？"

没错。无论如何，按照一般常识来讲自然会问到这个问题。从监护人的角度来说，这是理所当然的反应。"如果日野小姐你回到空无一人的家中会遭遇什么危险的话，那不应该是警察负责的事情吗？"

我偷偷瞄了一眼奶奶，可她只是闭着眼睛静静地听着。

"我说梦路、日野小姐，虽说我是梦路的爷爷，可现在也充当着父亲的角色。不管孩子说得如何气势汹汹，可一旦出了事还是不能完全承担责任。所以正确引导孩子，以免误入歧途是家长的责任，要是我这傻孙子贸然行事，对日野小姐做出什么出格之事，那可就为时晚矣了。"

"爷爷！"

"或者，你们的敌人难道是靠警察，或者说靠一般正常手段无法对付的妖怪吗？"我和日野目瞪口呆，面面相觑。因为这是从意想不到的人嘴里说出的出乎意料的话。

"梦路。"一直沉默不语的奶奶终于说话了。"你爷爷虽然看不见，也听不见那些东西，可他知道那些东西是存在的。毕竟，他是我丈夫呀。对吧？"奶奶笑着拍了拍爷爷的肩膀。“我想起来了，在我还是小咲这个年纪的时候，曾发生过一件与我有牵连的事件。”

“老太婆，说出来挺丢人的，你还是别说了！”什么情况，怎么回事？他们这是要讲述自己的恋爱史吗？还是其他什么？“没想到连那只黑猫也能妖怪化形……你慌慌张张跑出去后，不久它就回来了。它和你奶奶说话的时候我正好看见。我虽然听不见，不过看你奶奶好像能听懂。它嘱咐说如果发生了什么事，不要怀疑你，要好好听你讲。”

也就是说，小樱它？

“话虽如此，可我觉得要是我这傻孙子有什么非分之想，我必须及时纠正。如果没有做好充分的思想准备，只是图一时的自我满足就开始做某事的话，那么一旦看不清未来的方向时就会中途放弃，这就是人性啊。”

小樱这家伙，没有告诉我这些。我瞪了一眼小樱，它却不知哪儿来的兴致，正忙着整理自己的毛发呢。

“小咲，那，可以问你吗？”奶奶话锋一转，看着日野问道。

“可以。”

“到底发生了什么，能给我们讲讲吗？要是真有什么不想说的，不说也可以，好吗？”我感觉到日野有些犹豫。

“好的。”过了一会儿，日野深吸了一口气，转身朝奶奶点了点头。

随后，日野把一直纠缠自己的这件事情的原委讲了出来。内容与我之前从日野那里听说的基本一样，但今天我们在购物中心分手后，她好像与那个初中同学发生了争吵。我只目睹了那个女生被救护车拉走的状况，现在我终于把事情的经过大致连贯起来了。

说话过程中，日野几次吞吞吐吐、考虑措辞，看样子应该还是有不少事情不方便说吧。

我觉得，日野对于小樱将妖怪从她身上剥离前的那段记忆似乎非常模糊。她现在头脑还比较混乱，若是硬逼她回忆过于残忍，所以我和小樱还有爷爷奶奶都没敢多问。

日野说完后，爷爷闭着眼睛停了片刻，随后张口轻声说道："梦路，把小咲小姐带到客房去吧。再给她拿些生活用品。"爷爷说完又开始继续看报、喝茶。"可以一直住这儿，直到安全为止。"

"太好了！"听了爷爷的话，我喜出望外，和日野对视了一下。虽然日野的表情几乎没有什么变化，但我感觉到她的眉宇间已经露出一丝安心和放松。

"朝雾同学，手。""哦，对不起。"无意间我竟然拉住了日野的手，意识到这一点后我急忙松开了。

"哎哟哟，年轻真好啊！"奶奶也是的，她用胳膊肘戳了戳爷爷，不知道在搞什么。

"真气人，我在背后忙活了大半天，却把我晾在一边，这家人都是什么人啊！除非让我吃到刚上市的新鲜秋刀鱼，否则这件事就不算完！"小樱开始不停地抱怨，随后，我们才终于吃上了迟到的晚餐。

幕间　月光

等我缓过神来，雨已经停了，月亮在空中隐约可见。我坐在檐廊上，朝雾的奶奶洋子夫人给我端来一杯茶，说："小咲，喝杯麦茶吧。"

"谢谢您！"

"这衣服，是我女儿穿过的，别介意啊！"

"哦，没关系！"洋子夫人举止温和，笑容慈祥，感觉是一位非常知书达理的女性。我是一个已经忘记了如何与人相处的人，而她与我截然不同。我不知道该如何形容才好，就觉得她很像天空那轮明月。

"男人还真是有意思啊。"洋子夫人站在檐廊上一边眺望武馆的灯光，一边喃喃自语。吃过晚饭，朝雾就被他爷爷宗一郎带去武馆了。"宗一郎也真是的，说是'要把这小子几个月来缺乏志气和毅力的毛病改一改'，可那也用不着非得今天这么晚还去训练呀！"听洋子夫人如此埋怨，我回应道："朝雾爷爷的精力好充沛啊！"奶奶接着说："他心里一定是高兴的。”“会高兴吗？”我有些茫然不解。“十年前，梦路的父母双双去世了。宗一郎想把失去父母的梦路培养成坚强的孩子。”洋子夫人一边抬头望着月亮，一边说道。

刚才我没有感觉到，可此刻从洋子夫人缓慢的话语及其表情中，我仿佛觉察到她回忆起遥远过去时的一丝惆怅。

对于朝雾的过去，我几乎全然不知。高桥平时与朝雾形影不离，好像还曾说过时常来家里玩儿的事，估计他比较了解朝雾的家庭情况。我甚至有些羡慕高桥了。

或许有人会说我太轻率，明明自己有过沉重的过去却还想更多地了解朝雾的情况，这究竟是为什么呢？“可是，梦路最近既不去武馆也不参加社团活动，说是有心理问题，于是宗一郎就没有硬逼他去训练。所以，这才……”洋子夫人的口气很平静。

关于朝雾同学在社团活动的比赛中发生事故导致他人受重伤这件事，我在第二学期一开学就听说了。“可是，对于体育社团的人来说，受伤难道不是家常便饭吗？”我感到百思不解。

“梦路跟宗一郎学习武术的同时，宗一郎一直教导他‘要拥有一颗救助他人之心’，所以他无法面对由于自己技艺不精而致人重伤的事实。”洋子夫人眨巴了一下眼睛继续说道。“梦路小时候，遇到了很多事，有段时间他一直处理不好与其他人的关系。就在那时，梦路结识了一个与他一起玩耍的挺奇怪的朋友，他说希望自己像那个朋友一样，能够成为向低头消沉的人伸出援手的人，于是宗一郎就开始磨炼他了。”

“奇怪的朋友？”我按捺不住好奇的心情。

“是的，一个身穿和服出现在神社的孩子。也不知道叫什么名字，她每天都陪梦路玩耍，直到梦路情况好转。后来不知什么时候她就不见了踪影。不过，看梦路现在的情形，那事好像并不那么简单呀！”洋子夫人似乎也觉得有些蹊跷。

“有什么理由吗？”听我如是一问，洋子夫人莞尔一笑，愉快地说：“可能因为他是男孩子吧！”

不知为什么，洋子夫人看着我嗤嗤地窃笑。我含糊道：“不太懂您的意思。”

“梦路很单纯，无论过去还是现在。你在他身边笑，他就高兴。你在他身边哭，他就悲伤。我希望他能一直高兴。对梦路来说，他肯定已经找到了这个能让他笑的人。好啦，晚饭吃得太晚，我得去洗碗了。”洋子夫人说着站起身。

“那个。”“什么事？”“我来给您帮忙。”“哎哟，不用啦，你不必太客气！”“不是客气，我想帮点忙。就让我和您一起洗吧！”我如此斩钉截铁地说完，便跟着洋子夫人站起身来。

洋子夫人的话在我的脑海中不停回荡，感觉好像不做点什么，心脏就会因跳动过快而闹出麻烦似的。离开檐廊的时候，我回头望去，武馆里依然灯火通明。

第四章　记忆

1

记得小时候我常在神社的院落里玩耍。由于发生了很多事，我总是闷闷不乐，所以直到上小学高年级前，我都交不到什么朋友。我曾经是一个不愿意表达自己的感情、不会笑的孩子。可是，不知道从哪天起，我和一个以前不认识的孩子成了朋友，从此她就经常和我一起在神社的院子里跑来跑去。

她很爱笑。我们到处乱跑，浑身搞得脏兮兮，一起捉虫、跌倒、擦破皮、号啕大哭。我们打破爷爷的盆栽遭到过爷爷的训斥，也收到过奶奶制作的小点心。在这样的日子里，我不知不觉变成了一个爱笑的孩子，在学校也交到了朋友。可等我意识到的时候才发现，那个孩子已经不再来神社玩耍了。那孩子，后来每天也应该都过得很开心吧。

2

在一阵压迫感中我醒来了。睡眼惺忪之中，我抓起缩成一团趴在我肚子上酣睡的小樱。“难怪我觉得这么沉。”

“嗯，秋刀鱼也不错，不过，鳕鱼也……嘿嘿嘿……”小樱这是在做什么美梦呢。我叹了口气，透过窗帘的缝隙看了看外面的天空，发现天已经亮了，可天空还是有些昏暗。

时间还早，我把小樱放在被子上以免吵醒它，然后伸着懒腰走下楼梯，顺手洗了把脸。最近这段时间，自来水已经让人感觉带着几分凉意了。季节变化不以人的意志为转移，人们可以静坐不动，可时间却要不停地流逝。要做的事情堆积如山。趁今天是周日，必须在今天之内尽可能研究出对策来。

“你不能总是低头消沉啊！”我一边自言自语，一边仰起了头。

“给你。”“啊啊啊，啊啊啊！”不知不觉间日野居然站在了我旁边，她伸手递过来一条毛巾，吓得我大喊几声，慌忙躲开。

对于我的夸张反应，日野似乎有点不可思议，她歪着脑袋，一副若有所思的样子，问：“怎么了？”“哎呀，被你吓着了。”我回应道。

“好奇怪啊。”听她这么一说，我感到百思不得其解。是说我吗？我奇怪吗？总算平静下来后，我接过了日野手里递来的毛巾。

“吃早餐。”“嗯？”“洋子奶奶说早餐做好了，让我喊你过去。”“哦，早餐啊。好，我知道了。”

听完我的应答，日野正准备离开洗面台，可又突然停下了脚步。她看着正用毛巾擦脸的我，用几乎听不清的声音嘟囔了一句：“你不能总是低头消沉啊。”糟了，被她听见了！

日野一本正经地发出“呵呵呵”的声音，以平时那种毫无抑扬顿挫的语气似笑非笑地说完便离开了，撇下了满脸通红的我。我的脸烫得像是要喷出火来，我用毛巾捂住脸，身体缩成一团。

我脚步踉跄地来到客厅，看到早餐整齐地摆放在餐桌上。爷爷、奶奶和日野已经各自落座。

“早上好。”我强打精神，打了声招呼。“哟，梦路，怎么一大早就像霜打了的茄子一样呀？”奶奶嘲笑我。“你小子，怎么像傻了一样！”爷爷挖苦我。两个人一起损我，搞得我内心迟迟缓不过劲儿来。

“昨晚吃了秋刀鱼，今儿早又是竹荚鱼，真是意想不到的幸福啊！”小樱不知何时已经醒来了，它目光炯炯地盯着另一个盘子里分出来的干竹荚鱼。

昨天跑来跑去本来已经很累了，再加上按照爷爷的要求一直练功到半夜，身体更加疲惫，这时候还是吃日式饭菜比较合口味。阿悟那家伙说他早餐基本上仅靠吃点麦片就打发了，而我如今还能吃到如此丰盛的早餐，应该说是一种幸福。

日野此刻正像平时那样面无表情地看着我，而理由应该不是因为什么特别放心不下的事情。难道她还惦记着刚才我自言自语的事吗？“那个，有事吗？”我忍不住问道。“我在想，朝雾同学可真能吃啊！”日野如是回答。

我本身并不是一个特别能吃的人，不知道是不是因为身体需求，可能我比平时吃得急了些。

“梦路，要不要再来一碗味噌汤？”奶奶问。“哦，好的。再来一碗吧。估计是太久没有练功了，我感觉今天早晨比平时饿得多，好像有多少就能吃多少。”

“哎哟，是吗？”奶奶接过我的碗，站起身来。“这可是他自己说的哟！”不知为何，奶奶拍了拍日野的肩膀，眯起一只眼睛，显得很开心的样子，哼着莫名其妙的小曲儿走进了厨房。

就这样，我和爷爷、奶奶，还有已经表明了猫妖身份的小樱，以及中途开始寄居在我家的日野，开启了奇妙的新生活。

3

我打开门，小心翼翼地走了进去。“虽说是经过你允许的，可我还是感觉很不自在。”我对电话那头的日野说道，心里感觉缺乏底气。要是再碰见那个妖怪就更糟糕了。即便没有遭遇妖怪，主人不在家时溜进别人家里这种行为也会让人有负疚感。

我和小樱此刻是在日野家里。

早餐后，我和日野及小樱想要梳理一下目前面临的问题，于是我们在我房间里进行讨论，可刚一开始日野就说了这样一句话："没有校服我就没法去上学。"

就因为日野的这句话，事情的先后缓急顿时发生了变化。今天还在放假，可明天就得照常去上学。既然还不清楚需要多久才能解决目前这个问题，而且对学校解释这些神秘的超自然之事也无济于事，那么就不能擅自缺席。日野的父亲好像还有两周左右才回家。可话虽如此，一旦学校主动联系了日野的父亲，那事情肯定就麻烦了。

"在我看来，一个已经被妖怪当成食物的人，倘若再回到曾经遭到附体的家中，这并非可取之策。"小樱在榻榻米上一边滚来滚去，一边发表着自己的意见。明明这是个严肃的话题，却看不出小樱有丝毫的紧张。"如果必须去的话，就只能在日头高挂、妖怪失去灵力的时候去。话虽如此，最好还是不要让已经被妖怪盯上的小咲靠近那里比较保险。"

"我们是要去日野家呀，她不去谁去呢？"

小樱似乎根本不理会我正在瞪她，用后爪挠着下巴，煞有介事地说道："目前这种情况，能去的非一人莫属。"

"一人？"

小樱斜眼看着一脸呆滞的我，应了一声"嗯。"不是吧，小樱你是在说真的吗？"你怎么不想想，是去日野家呀？"我急忙说。"那又怎么啦？"小樱露出鄙夷不屑的表情。"什么叫'那又怎么啦'。你是让我在没有日野陪同的情况下，去她家，进她房间吗？”还没等我说完，就听“呼”的一声，坐在一旁的日野把一个靠枕砸在了我的脸上。“喂！哎呀！日野！”随之而来的是连续的靠枕暴击。这是干什么呀，什么情况！到底怎么搞的！

“你一个人去，就是不行！”用靠枕对我进行了一番连续攻击后，日野一边调整呼吸一边这样说道。不知是不是心理作用，我仔细一看，发现日野的脸上泛起了红晕。估计她还是害羞了。

要说这也是理所当然的事，可对于从不轻易表露喜怒哀乐的日野来说，脸红是一种极具戏剧性的变化。可话又说回来，仔细想想，我此刻是该被揍的时候吗？

“总之，要是我单独一人去，一旦遇到邻居，肯定会被当成行迹可疑人员抓起来，我看，这个方案还是驳回吧！日野不能靠近自己的家，而日野不在场的话又可能引起诸多麻烦，这可怎么办呢？”

于是，我和日野的视线都集中到了一点上。“嗯？你们俩怎么了？我脸上有什么东西吗？”小樱显得有些发蒙。让小樱扮成日野的模样是个好办法，如果让它穿上一样的衣服，只要不说话，就算站在一起也难辨真假。可只要它一开口说话就绝对暴露无遗。

小樱说，即使不会遭遇那个妖怪，可要是它不节省灵力的话，接下来身体就会很难恢复。所以我让它先保持猫的样子，等到抵达日野家附近后再找一个隐蔽的地方变身。

反正我们去日野家也得准备一个装行李的大提包，小樱正好可以躲在里面。从日野家所在公寓楼的电梯一直到她家门口，我们真的遇到了同一楼层的好几个住户。我只身前来的话肯定不行。虽说是经过日野同意才拿钥匙开门，可我还是会觉得底气不足。不过，此时站在我眼前的虽然是小樱，可只要它不开口说话，单看外表绝对就是日野。我让小樱打开门，我们走进了日野家。

家里的灯是亮着的。

“在日野身上附体的那个妖怪，能控制人的精神吗？”我问。“能给人的精神造成深刻影响，也就是具有足够妖力的妖怪实际上并不是很多。这次在小咲身上附体的妖怪，恐怕也只是掌握了能对小咲的精神施加影响的一些线索而已。”小樱答道。

“线索？”我有些迷茫。“你还记得昨晚洋子夫人说过的话吗？”小樱指的是昨晚我被爷爷拉去武馆练得浑身散架后，瘫在檐廊上听奶奶说的那些话。当时我和小樱正在谈论附在日野身上的那个妖怪的事，关于那个妖怪，就连已经存活了150多年的小樱也全无所闻。

“是雨女。长野县下伊那一带有一个关于妖怪的传说，说是每到大雨天就会有雨女出来劫走孩子。”奶奶碰巧听到了我们的谈话，说出了这个关键的信息。据说因河水泛滥失去了孩子的母亲们感到异常悲伤和愤怒，她们的绝望演变成了这样一个妖怪传说。

不知道奶奶这样的信息从何而来，我问她她却笑而不谈，转移了话题。奶奶身上有太多谜团。据小樱判断，那个可能名叫“雨女”的妖怪，其存在的根源就在于“悲伤与愤怒”，而日野的精神恰巧与这种情感产生了共鸣，所以才遭到了雨女纠缠。

“朝雾同学，让小樱接一下电话。”从手机那头传来日野的声音，我把手机递给了小樱。

“这样我就可以跟小咲通话了吗？”眼前，已经变身为日野的小樱正通过电话与真正的日野讲话，总觉得这一幕有些不可思议。

“嗯，好的，明白。主人，把包拿过来。”小樱像是接到了日野的什么指示。我把带来的那个大提包递过去后，它打开走廊旁边的房间迅速闪了进去。我也自然而然地准备跟在小樱后面一同进去。

“主人在这里等着就好。小女生的秘密是不能公开的！”说着小樱吐了吐舌头，做了个鬼脸，然后“啪”的一声关上了门。虽说只是小樱的变身，可眼前表情丰富的“日野”的神情还是相当具有冲击力的。

“嗯。这是校服。”从房间里传出寻找东西时沙沙作响的声音，以及正在与日野通电话的小樱的声音。

“其他什么？包？是这个吗？”感觉行李在不断增多，这还能拿得下吗？“右边的？抽屉？”她们的通话还在继续。

总感觉一直傻站在那里有些别扭，于是我离开走廊，想去客厅看看。虽然日野的父亲经常不在家，每个月有一半以上的时间都在遥远的外地出差，她的母亲也已经离家出走，可是家里的客厅却收拾得异常干净。日野自己在家务方面应该说做得无可挑剔。或许，日野是不想让父亲担心。如果小时候没有发生那场灾难的话……不，即便发生了灾难，如果身边的人都能给予她和家人更多温暖的话，那么这个家庭如今应该会多一些生活的气息吧。

我突然看见放在电视架上的照片，不由自主地拿在手里。照片上是一位看起来真诚的男人和一个小学生模样的女孩，以及一位长相酷似日野的女性。这应该是日野一家过去的照片。儿时的日野与父母手拉手站着，那时候的她看起来天真无邪，绽放着花一般的灿烂笑容。

“主人。”小樱出现在走廊那边。“我这儿的事情已经办完了。你在看什么呢？”小樱把头探过来，偷看照片。

“应该是日野和她父母过去的照片。”

“那时候的她表情还挺天真呢，跟实际年龄比较相符。”

“原来日野也曾经是这样一个笑起来天真无邪的孩子呀。是周围的大人和那些受了大人影响的同班同学夺走了她的天真。”

“集体心理根植于人的本能之中，要让它从人的内心消失绝非易事。其实我在这 150 多年间，已经见过很多次类似的事了。”

“虽说如此，这也不应该成为某人遭受痛苦的理由。小时候，我失去了父母，也有过闷闷不乐的时候。我交不到朋友，经常孤单一人。不过，后来有一个不认识的孩子来我家神社玩耍，我和她成了玩伴。不知不觉间，我又变得会笑了。后来那个孩子不知何时就不来神社了，我再也没有见过她。不过，一个人在难过的时候有人陪伴是很重要的，应该是那个孩子让我懂得了这一点。所以，我很喜欢爷爷在武馆教给孩子们的那句话：‘一定要有能向别人伸出援手的坚强内心。’我想那个曾经向我伸出手的孩子内心一定十分坚强，是个善良的孩子。要是对于某人来说我也能成为那样的人就好了。”

听了我的话，小樱轻轻地笑了。我怎么又说出了这些让人感觉难为情的话，可能是太滑稽了。

“抱歉，我并无恶意。既然如此，主人，事情已经办完了，趁那妖怪还没出现，咱们现在就离开吧。”说着，小樱便朝屋门口走去，不知为什么，那背影看起来特别开心的样子。

“噢，主人，这个先还给你。”在打开房门之前，小樱把手机还给了我。将手机放进口袋之前，我想看一眼时间，可当我的目光落到手机屏幕上时，“通话中”三个字突然映入眼帘，顿时一种不祥之感向我袭来。没有经过同意就看了客厅的照片，这件事很可能被日野听见了。

我战战兢兢地把手机贴近了耳朵。“喂，喂。”

“‘要是对于某人来说我也能成为那样的人就好了’，呵呵。”和今天早晨一样，日野留下了生硬的笑声。随即通话便中断了。

一想起自己今天两次说出令人害羞的话都被日野听到，我在回神社的路上就感到心里很不是滋味。

4

我把自行车停在神社的台阶下，已经变回猫形的小樱说它要去找附近的猫咪收集情报，便消失在了商店街。我抱着行李回到神社院落时，看见日野正拿着扫帚在清扫院子。

“我回来了。这是带回来的行李。”

有了这些就可以保证日野正常上学了。时间已经过了正午十二点，忙这忙那的，肚子早已饿得咕咕叫。“关于接下来的事情，咱们吃完午饭再商量吧。小樱去商店街那边收集情报了。”说着，我抱着行李进了家门，直接搬进日野暂住的客房。行李里面甚至还装着塞满课本的书包，说实话确实很重。

“该吃点什么了吧。”放完行李，我朝厨房瞥了一眼，可是并没有看到奶奶的身影。爷爷好像也去了武馆。我正在家里转来转去的时候，只见日野放好扫帚进来了。

“日野同学，奶奶他们呢？”“今天有居民集会，洋子奶奶和宗一郎爷爷刚才都出去了。”“是在商店街的活动中心吗？那午饭怎么办呢？”最近在小樱身上的花销比较大，我手头余钱不多，所以尽可能不在外面吃饭。

“你在客厅等着吧。”日野说着，急匆匆地进了厨房。

“真好吃！”仔细想来，日野一个月一半时间事实上都是独自一个人生活，她能把家里安排得妥妥当当，做饭自然也就不在话下。日野用冰箱里的剩余食材做的炒菜，无论是味道还是火候都无可挑剔，连自己都感到不可思议，我夹菜的动作根本停不下来。

“真能吃啊！”日野在一旁不由得感叹道。

“还不是因为肚子饿了嘛，而且菜还炒得这么香。”我边吃边说。

“是吗？”日野一边喝茶，一边像平时那样面无表情地看着我。

“你每天在家都是自己做饭吗？”我问。

“如果不在家做饭的话就会懒得回去，所以我尽量每天在家做饭。”她居然还会这么想。也难怪，就像我曾经听爷爷说过的那句话：“做某事的习惯很容易打破，但不做某事的习惯却很难打破。”或许任何事情都是这个道理吧。

“不过，你做的这些饭菜，我真的有多少就能吃多少呢！”我又忍不住夸赞起来。

“要不要再来一碗？”

“要！”想要再添一碗美味饭菜的时候，没有比“太好吃了”更加充分的理由了。

日野给掩饰不住满脸喜悦的我又盛了一碗饭，她一边把碗递给我一边说：“今天早饭也是我做的。”

经她这么一说，我又想起了早饭时的情景。今早确实有烤鱼、煎鸡蛋、咸菜和味噌汤。我要再添一碗饭的时候，奶奶还笑着拍了拍日野的肩膀。再仔细一想，我依稀记得日野早上是系着围裙的，为什么我就没有想到呢？

“那个，特别好吃。”由于慌乱，原本口齿就不甚伶俐的我只能说出如此简单的一句话。喜怒不形于色的日野一脸认真地频频点头。这究竟是什么情况，连我这个当事人都难以推测，我想在旁人看来恐怕这应该就是谜一样的互动。日野照旧一脸严肃，但她脸上似乎泛起了红晕。虽然我也很想看到日野绽放出如同她家客厅照片上那样开心的笑容，但此时她偶尔露出的这种神情也光彩照人。

5

我家的猫妖下午四点过后才回来。明明说是去搜罗情报，可回来时肚子却鼓鼓的。我和日野正在客厅里做学校布置的作业，小樱一进来就满面春风地在榻榻米上翻身打滚儿。

本来我是打算等小樱一返回，就继续召开因去拿校服而一度中断的讨论会，以便决定今后的方针，可结果……“商店街那边的人都特别慷慨大方呀！”小樱心满意足地说。“你这家伙，在哪儿吃的饭啊？”我问。“当然是鱼店老板给的了。”小樱应道。“什么！那我回头得向叔叔道声谢。”可能是奶奶买东西时已经提前打过招呼，所以小樱这才没来几天，就已经对商店街熟门熟路了。

“情报收集得怎么样？你不是去收集情报了吗？”我瞪着小樱问。小樱舔了舔前爪回答说：“我让这附近的猫咪调查一下鹓野森周围的情况，街上要是发生什么事它们会来通知我。鹓原那边的猫咪们所属的地盘不同，比起这边来，办事效率会低一些。要知道，单凭那种叫‘电视’的玩意儿，只要没闹出人命，根本就了解不到小镇里发生的事，所以把那边交给我就行了。”

“也就是说，目前还没有什么立竿见影的有效办法来改变现状，是吗？”我问。

“只要我待在这里按兵不动，努力恢复的话，七天可以恢复一半灵力，半个月就可以彻底恢复，然后我就去挑战那个妖怪。在此之前只能祈祷事态不会发生突变。”

最长半个月吗？那也就意味着日野能待在这里的时间不多了。等她父亲回来后要是她还不回自己家，那么不了解前因后果的人就会以为她是一个离家出走的女孩。可如果日野被她父亲带回家，妖怪又会盯上她。

“幸好回去拿了校服，这样就能上学了。在形势有所缓和之前照常生活就好。只要事态不恶化，我也不会离开神社，就在这里专心吸收阳气。”小樱接着说。

“你这样一边轻松打滚儿，一边说着这种话，真让人特别不爽！”我和小樱嬉闹了一会儿，这才注意到坐在一旁的日野自始至终都一言不发。

“日野同学，你怎么了？”我问。日野低着头小声嘟囔了一声：“集会。”

“什么？”我感到疑惑不解。“猫咪集会，也带上我吧！”日野还是平时那副表情，只是鼻息稍微有些急促，她一直朝我和小樱靠近，并补充说：“我想感受被猫咪包围的感觉。”

“别想一出是一出了！”我应道。“那我就用小樱代替一下。”日野说着凑近小樱。“哎呀主人，你快管管这家伙！你看！她这么脸贴脸，我怎么受得了！”小樱满腹牢骚。

除了耐心等待小樱恢复灵力外，我们没有找到对付那个妖怪的快速有效的办法，加上日野的表现也有些奇怪，今天的讨论最后只能散会了。

6

从通往商店街的台阶上俯瞰整个街区，除了车站前的几座高楼外，鹈野森一带一览无余。这座小镇的夜晚十分宁静，即使到了晚上也只有车站前和国道沿线比较明亮。而在市中心，即使在夜晚，整个街道都是亮堂堂的，据说那里直到深秋气温才会有所下降。而在这座小镇，一旦季节和时间发生变化，习习凉风就会像现在这样自然而然地吹来，所以我很喜欢从这里眺望夜晚的鹈野森。

其实我是趁着凉快在此处休息一下，今天爷爷参加完居民活动，回来照旧在武馆对我进行了严格的训练。“好疼啊。爷爷真的手下留情了吗？”

我揉着发麻的手臂眺望着眼前的小镇，忽然听见身后传来踩在神社院内小石子上的脚步声。

“原来你在这儿啊！”是日野。“我喜欢这里。因为风吹着很舒服。”我说。“是吗？”说着，日野安静地在我旁边坐下。

日野像是刚洗过澡，我隐约闻到一股淡淡的甜香。但我因为刚训练完还穿着武道服，肯定是一身汗臭味，想到这里我心里感觉有点不安稳。“小樱呢？”

“一直说鲑鱼怎样之类的梦话呢。”日野应道。“真是个悠闲自在的家伙啊！”小樱的确帮我做了很多事，况且它要是不恢复原有灵力的话，这次的麻烦恐怕就无法解决，所以必须让它好好休息才行。

“朝雾同学。”日野仍然望着小镇的方向。“客厅的照片，你看过吧？”

“那个，对不起。不小心看到了。”我有些措手不及。

“我不太喜欢妈妈。那张照片，也是因为爸爸不想扔掉，所以才一直摆在那里。我早就说过该把它扔了。爸爸的公司倒霉的时候，我说这不是爸爸的错，可妈妈还是无法承受来自社会的重压，离家出走了。”

那场灾难给人们留下了非常多的创伤，日野家也因为这件事失去了原有的幸福。

“所以，我无法原谅妈妈。可是，爸爸却说‘不是你妈妈的错’。于是，我就不再提这件事了。”原本不爱说话的日野这样主动谈论起自己的家事，老实说这让我感到很吃惊。

不过，如果日野本来就像儿时照片上那样，是个表情丰富、活泼开朗的孩子，只是后来由于家庭原因以及初中时遭到同学们不友好的对待，她才将自己的感情像水坝一样封堵起来的话，那么不管出于什么原因，她能像现在这样一点点地吐露内心的真实情感，这并不是一件坏事。

“朝雾同学的家庭很温馨。”

“算是吧，我奶奶她就是那种性格。”

我们家都是靠奶奶把各种事情打理得井井有条，所以奶奶要是哪天不在了，对我们家而言将是悲剧的开始。从这个意义上来说，奶奶既然还健在，那我们家就还可以说是温馨的。

“不过，我觉得日野的父亲也是一位很温和的人呀。关于你妈妈的事情，其中肯定有某种纠葛，或者我们还不太懂的原因，所以我也不便指手画脚多说什么。但至少你父亲一直都很爱你。”

他一方面要承受来自社会的刻薄对待，另一方面还要努力维持生活，这种艰难是难以想象的。何况这个家里没有母亲，那就更是可想而知。我甚至无法判断日野的父亲是否曾经觉察到她在初中经历过的痛苦。然而，为了尽量不让孩子感受生活的艰苦，她父亲没有停止前进的脚步，这不正好说明他已经做好了充分的思想准备吗？

“嗯。”沉默了片刻后，日野开口说话，并微微地点了点头。她的眼神变得温和起来，应该大致认同了我的观点。

“还有一个。”她接着又说。会是什么呢？太复杂的家庭关系问题我可回答不了。“就是你白天说的那句话，‘我对其他人来说要是也能成为那样的人就好了’。”

“别提了！快别说了！”我不由得用手抱住了头。

“很长时间以来，我一直都在逃避与人交谈，不想和人友好相处。”看来日野并不是在挖苦我。“我也想成为在朋友痛苦的时候，能够伸手给予安慰，或者相伴其左右，我想成为这样的人。”日野盯着我说。

微风带着秋日的气息从神社内吹过。月光下，日野的头发和身姿显得十分美丽。

7

第二天早上，正准备去上学，奶奶在门口叫住我们。小樱在奶奶的怀里，慵懒地打了一个大大的哈欠。“都收拾好了？没忘什么东西吧？”奶奶问。

“怎么突然问这个？”我反问道。“总感觉多了个孙女，开心嘛！”奶奶笑吟吟的。

日野好像深受奶奶的喜爱。两个人在我不知情的时候好像加深了很多交流。

“为了恢复灵力，我暂时不能离开神社，所以你们俩不能做冒险的事情。”小樱叮嘱我们。“嗯嗯，好的，知道了。我们尽量不乱跑。”我应道。“不过事先声明，你们顺路给我买点猫粮罐头之类的回来倒是可以。”小樱这家伙！敢说你不是因为私欲才下此判断的吗？

我和日野并肩走在商店街上，此时离开门的时间尚早。我不可能一个人骑自行车去学校，还得考虑到日野，再说她起床又很早，所以我觉得早点出门悠闲地走路上学也不错。

“今天没睡懒觉吗？”在鱼店门前，大叔叫住了我。“叔叔，早上好。”“噢，你起得真早啊。旁边的姑娘是？”要说起来，这事我压根儿没考虑过。对外正式介绍日野的时候，应该怎么说才好呢？

“宗一郎昨天说有个亲戚的孩子，就是这姑娘吧？”大叔接着问道。“是的。”我稍加迟疑后回答。“父母亲有人住院的话，估计生活就会忙乱。既然是宗一郎的亲戚，那就是我们街道大家庭的一员。有什么困难尽管说哟！”

听了叔叔这番话，我和日野不由得面面相觑。轮不到我操心，爷爷昨天似乎已经提前把这件事安排妥当了。“谢谢叔叔。这段时间，还请多关照！”我们异口同声地向大叔道了谢，随后又在商店街的其他几处地方重复了同样的对话。

“北�野森，真是个不可思议的地方啊！我感觉自己挺喜欢这里。”日野一边走一边感慨。

近年来，似乎有不少人认为住在邻里交往密切、人情世故浓郁的地方羁绊太多，过于烦琐，可要是能够充分发挥这种地方的优势，那么大家在生活上就一定可以互帮互助。人类共同体既可以产生相互帮助，也会产生同侪压力。重要的是保持平衡。

“无论如何，这几天我们都只能老老实实地静观其变。小樱也是这么说的。”听我说完，小樱“嗯”地应了一声。

这几天忙得不可开交，终于可以轻松一下了。归根结底，我们原本都是与玄秘之事毫无关系的地地道道的学生。我觉得在精神上恢复往常的节奏，是我们能够闯过今后困难局面的必要条件。尽管与日野同住一个屋檐下已经是非同寻常的事情了。

尽管我对学校生活并没有什么不满，但如果一定要举出一个令人无法接受的例子的话，那就是为什么女生在体育馆内上排球课的时候，男生却要在室外长跑呢？

“我晨练得跑，放学后还得跑。”阿悟满腹牢骚地说。“我也一样，跟着爷爷训练，身体都……”我一边喘着粗气一边回应。本来长跑是学校要求的冬季常规项目，可为什么在暑气未消的这个时候还得长跑呢？

老师要求我们绕操场跑十圈，我和阿悟跑完后，离开跑道，开始调整呼吸。

“怎么，你又开始武术训练了？”阿悟问。“是啊，因为各种原因。”我答道。

阿悟思忖了片刻，然后盯着体育馆那边说：“哦，原来如此。”“什么原来如此？”我不明白他的意思。“不是吧，没想到你这么单纯啊！”说着，阿悟露出一脸坏笑，随即轻轻踢了一下我的膝盖内侧。真气人！不过，我能感觉到阿悟的开朗性格稍稍恢复了一些。

“你好久没有这么高兴了。”我说。“嗯？噢噢，昨天我去看望相良，他现在已经对我们说话有一些反应了。”阿悟解释说。“相良？就是住院的那个队长吗？”我问。“虽说他归队还需要一段时间，不过或多或少还是值得期待了。”

想到足球部的事，阿悟脸上露出了快活的神情。而我一听到相良这个名字，顿时觉得大伤脑筋，不知道是否应该问出那个已经困扰了我很久的问题。

“你怎么突然一脸发愁的样子？”阿悟问我。“那个，不好意思，没什么。”我摇了摇头，重新系好了松开的鞋带。

上午的课结束后，我正打算去小卖部买那种穷人面包时，日野托我帮忙把教材还到资料室去。而等我办完事回来，小卖部的商品已经卖得精光，一无所剩。

“那种面包只是大而已，可它却是我唯一的依靠呀。”我眼瞅着远处空荡荡的小卖部抓耳挠腮，而日野却用一如既往的平静口吻对我说：“没事儿。”在校园的长凳上，她打开的包里有两个铝箔包着的饭团和两块煎鸡蛋，还有两根煎过的维也纳香肠。本以为这是她从早餐中分出来的，可早上餐桌上明明摆的是鲑鱼呀。

“这是你做的？”我试探着问道。“嗯。”日野一本正经地注视着我，我只觉得心里七上八下的。并不是出于讨厌，而是我心慌意乱。

她面无表情并不是因为缺乏表情。日野表面看起来好像不动声色，可内心却藏着丰富的喜怒哀乐，只不过她表达感情的方式与众不同而已。

饭团里包着切好的鲑鱼肉和切碎的海带，口味绝佳，一眨眼工夫我就吃光了。“你是运动部的，怎么会这么瘦啊！不过吃相倒确实是运动部的风格。”日野细嚼慢咽地吃着她那份饭团，轻声说道。

“哦，我有那么贪吃吗？”我问。“是特别贪吃。不过，好吃就好。”怎么说呢，虽然日野表现出的情感最多只有一成，可从她温柔的眼神及断断续续的话语中，我隐约可以感受到一种关怀，这令我心情愉快。

尽管只是暂时性的，可是日野总算恢复了平静的生活，我很害怕她的心情会再度变得阴郁。刚才和阿悟聊天时，我想起了一些事，可我却没有勇气直接向日野发问。

8

返家途中，走在通往北鹈野森的坡道上，我手机上收到了一条信息。“是奶奶发的。”“洋子奶奶？”“嗯，让我回家路上顺便买秋刀鱼和白萝卜。在 SNS 上发的。”

日野探过头来，看我展示给她的手机屏幕。“还用的表情贴图呢。”短信的文字信息后，附了一张表情贴图，是一只死皮赖脸的黑猫，嘴里在说：“请多关照，喵。”

奶奶特别擅长紧跟时代潮流的步伐。北鹈野森商店街居民的平均年龄虽然比较高，但或许是受到奶奶的影响，这里数码产品的普及率非常高，而且据说还被应用于街道居委会的联络工作上。奶奶从各个方面来说都是高层次人士。

一到菜店，老板娘就笑盈盈地从里面迎出来。

“哟，小梦放学回来了！”“是的，替奶奶跑个腿儿，奶奶发消息让我买点白萝卜和秋刀鱼带回去。”“哦，这样啊，虽然还稍微有点早，不过这时候的秋刀鱼也不赖。好嘞，就拿这根吧。”说着，她把装着白萝卜的袋子递给了我。

“你身后的姑娘就是那个叫小咲的孩子吗？”我不禁心里一惊：居民区的情报网真是太可怕了。“是的。我叫日野咲。”日野稍微踌躇了一下，应声答道。“来，来，让我看看。”就连听到我们说话的老板也急匆匆跑了出来。“真是个可爱的孩子啊！”老板娘话音刚落，老板就带着讥讽的口气说："我说孩子他妈，你还说什么跟自己年轻时候长得一模一样，你也好意思！明明自己跟翻斗车一样气势汹汹。""哎呀，那我倒想问问，和翻斗车结婚的又是何方神圣呢？"老板娘毫不示弱。

这样的对话在这条商店街上司空见惯，而对于不熟悉环境的日野来说，也许会感到困惑吧。

"不过呢，"老板用手搂住了我的肩膀，"你小子终于长大成人了啊！我也老了，感慨万千啊……是吧？"总感觉他对我有什么误会。想起前些天，那个初中同学胡乱猜测我俩的关系时，日野想都没想就立刻否定说"不是"。虽然我心里也明白，可当时还是觉得挺伤心。

"小咲啊，小梦就交给你了，这孩子和宗一郎一样不成熟，干什么都笨手笨脚的。如果有你这样的孩子在他身边，我想小梦会更严谨做事的。"

如果只是误会还好，可是被日野用那种坚决的语气否定时，我还是感觉遭到了当头一棒。

过了片刻，日野用往常的口吻说道："不是的。"日野还是往常那一脸严肃的模样，目光有些游移，好像天生不食人间烟火的感觉。可说实话，我现在已经完全无法正常思考了。

"哟，这孩子可真可爱，是吧，小梦。这孩子送给我们行吗？"一脸严肃的日野被老板娘搂在怀里左右摇晃，显得特别虚幻。

"哟，怎么你俩都一脸疲惫的样子，怎么了这是？"看到我俩回来，奶奶露出了好奇的神情。

“没什么。”“没事。”虽然我俩嘴上都这么说，可是离开菜店后在鱼店我们也几乎重复了一遍同样的对话，所以回到家时已经精疲力尽了。

“怪不得我收到了景子的短信，她说‘让小咲来我家吧’。”吃晚饭的时候，奶奶听我说了在商店街发生的事，忍不住扑哧笑了出来。景子就是那家菜店的老板娘。“不过也挺好。比起一两周无所事事、寂寞无聊，还是心情舒畅要好一些，是吧！”奶奶笑着说。

经过爷爷一番严格的训练，我又像往常一样累得力倦神疲地在院子里休息，这时，不经意间我看到一只猫咪正跑下台阶朝神社入口处奔去。

“是小樱？”我拖着疲惫的身体，踉踉跄跄地尾随其后追了过去。正准备下台阶时，我看到小樱正从鸟居那里俯瞰整个小镇。“你在这儿干什么？”

“是主人啊，训练结束了吗？”“是啊，已经疲惫不堪了。”“要是这样，那你泡个澡早点休息比较好。”小樱的视线仍朝着小镇的方向。小樱的这种反应实属罕见，不过我想还是先问一下该问的事情。“小樱，因妖怪作祟而变得不能动弹的人，还有机会恢复原样吗？”“嗯？发生了这样的事吗？”小樱问。“没，暂时还没有。”我含糊地应道。

“如果是因为妖怪特有的妖力而使人变成那样的话，那差不多是念咒的妖术造就的，随着妖怪妖力的减弱人还是有可能恢复原样的。”小樱回答。“这样啊。谢谢了。”既然这样就必须得查查清楚了。明天到了学校……

“对了，主人。”小樱打断了我。“嗯？”小樱朝我转过身来，问道：“主人对自己的记忆力有信心吗？”“怎么了？”小樱没有回答，消失在鸟居深处。

“喂，小樱？你去哪儿？”随之，“这边这边。”我身后突然传来招呼声，我回过头一看，发现一个身穿和服，大概七八岁的女孩儿坐在台阶的栏杆上。

“有十年了吧，没再见到我。”我还清楚地记得她在月光下微笑的模样。

小时候我交不到朋友，经常独自一人站在神社院内的台阶前眺望远方的小镇，当时出现在我面前的就是她。在我一步也不敢迈出脚步时牵起我的手的，是她；每天都和我一起追逐嬉戏的，是她；不知何时起再也没有露面的，还是她。

“原来你就是小樱？！”“真是绝妙的回答。”小樱的语气中有些嘲讽。“可是，既然如此，为什么你一开始不说呢？”“并没有打算说，我想你反正也不记得我了。”

“那，又为什么……”

小樱听完我的问题扑哧一笑，轻轻一跳，站在栏杆上。“是啊，为什么呢？事实上连我自己也不明所以。”说完，它又像刚才那样轻轻一跃，便消失在了夜色中。

9

被闹钟吵醒，我一起身就看到了躺在我身上呼呼大睡的小樱。这家伙，留下那句意味深长的话后就扬长而去，现在居然能睡得这么香。一般来说，做出那种事不是会有几天不知去向吗？

我慢慢地走下楼去洗漱。用冷水洗了一把脸，我脑子稍微清醒了一些，又想起了昨晚小樱的样子。

“那家伙，当时要是在这个小镇上，怎么又突然消失了呢？”是不是突发了什么事情？总之，当时，我只是把那副模样的小樱当成了新结交的朋友。所以，即使回忆当时的情景，我肯定也推测不出能解答这个疑问的任何线索。虽然不知道小樱是否愿意提起此事，不过我还是期待它有朝一日能告诉我。

眼下其实有更重要的事情。就是遭遇那个妖怪伤害的人，其症状如何，还有没有恢复的希望。暂时不用直接接触那个妖怪，所以应该不会有危险。

“为了将来不后悔，至少要把能做的事先做了。”我自言自语。“给，毛巾！朝雾，你声音太大了。”猛然听到日野的声音。“呀，日野，你在呀！”我一点儿都没有觉察到。

“早餐做好了。”日野把毛巾盖在我头上，离开了洗面台。

微风吹过鹈野森町，渐渐带走了夏日的湿气。就像今天这样和风丽日的天气一样，我希望我们在一起的时间也能平静地延续下去。

“朝雾，你生气了吗？”日野试探性地问。“没有。”我应道。

“至少要把能做的事……”日野又开始模仿我。“求你，饶了我吧!”感觉自己的弱点已经完全掌握在她的手中。

“朝雾，你看起来有点精神焕发的样子。”真的吗?连我自己都不太清楚。

“不过要是从九月初就这样的话……”

说到九月初，我在全国体育大赛上中途弃权，从此开始逃避社团活动，心里满怀内疚。当时的我，做任何事情都感觉百无聊赖，总是郁郁寡欢。要是没有碰上小樱、日野，没有发生这些事，我恐怕到现在都还浑浑噩噩地在混日子呢。

这么一想，我觉得世上也并非要么全是好事要么全是坏事。而且，改变的不只是我一个人。

“日野，你也变了呢!”我说。“我?”日野好像有些茫然不解。“眼神变得温柔多了。”我接着说道。日野突然睁大双眼，我目不转睛地盯着她的脸。“日野?”短暂的沉默后，日野突然把书包转了一个面，啪的一声砸在了我的后背上。“好疼啊!”“我才不管呢!”

日野说完便加快步伐，顺着下坡的方向走去。我一边背着手去揉后背，一边急忙追赶。日野有些脸红，还是害羞了吧。

“你是问相良的事?”阿悟随口问道。这事只能在男女生分开活动的体育课上说，所以我决定把这几天一直困扰我的问题搞清楚。如果我的推测是正确的，那么这件事要是日野在教室的时候就很难说出口。

“对，是的。关于相良队长。”阿悟抓起T恤的下摆胡乱擦了一把汗，目不转睛地盯着我，说：“还住院着呢，怎么了？”“没什么，不是什么大事。他初中是哪个学校的？”我问。“初中？我记得好像是南中吧。”“你说的南中，是鹈野森的吗？车站前那个？”“不是，是鹈原南中学。”果不其然！

被人发现时因不明原因而昏迷不醒的足球部队长，大雨之夜晕倒在购物中心的女高中生，两者之间好像隐约有某种联系。

“他是个怎样的人呢？”我接着问。“怎么说呢……他能力强，能带动队员，人很不错！”是个很不错的人吗？

“我说，阿悟。我能见一下那个队长吗？”我请求道。“你和相良有交情吗？”阿悟有些疑惑。“啊，那倒不是，我和他没什么特别的关系。”听我这么一说，阿悟更是百思不得其解。说来也是，和人家既没有亲密的交往，又不在同一个班，怎么会想到要去医院探望呢！

“那为什么要去？”阿悟直截了当地问。“就是有点事儿想问问他。”“不能等他出院后再问吗？”“可能的话，我想尽早知道。”

就连一直和我关系亲密的阿悟都觉得这事不能轻易答应。“感觉有些困难。”他说。“哦，这样啊，那算了。”大概是性格使然，我很容易把情绪都写在脸上，看来既要隐瞒实情又想解开疑团，还是比较困难的。

“理由呢？”阿悟又追问了一句。虽说相良队长和发生的一系列事情颇有关联，可要解释起来的话，其中包含太多枝节，就算是阿悟恐怕也会觉得我在愚弄他。“因为我想帮助一个朋友。有些事情相良应该知道一些。”我只告诉了他这一点，然后低头表示恳求。

“原来是这样啊，行了，明白了。可真有你的，尽管我不知道发生了什么，可你什么时候居然变得开始为朋友着想了！”说着，阿悟苦笑着站起身，接着说道：“今天没有社团活动。路上把你能说的都告诉我吧。”“好的，谢谢。”“可是，要说朋友嘛……”阿悟冲着我坏笑了一下，“你想说什么呀！”我正感到纳闷，他继续说：“没什么没什么，像你这样的典型食草男，居然也会因为什么案件意外地热血沸腾起来呀。”说完，阿悟连连挥手，朝足球比赛的队伍跑去。

“什么意思嘛，搞什么呀。”我正小声骂着阿悟，猛然发现老师正对着我怒目而视，于是也赶紧跑回了运动场。

幕间　咖啡

我离开学校，独自朝鹈野森神社方向走去，越想越觉得奇怪。朝雾说他难得和高桥出去玩一次，所以先走了。最近他一直忙着解决因我而起的这次神秘事件，所以我希望在这短暂的平静之际，他能够忘掉一切烦心事，自由自在地生活。

我这么想着，又觉得放学要回到自家以外的其他地方还是有些不太习惯，有些心神不宁。

说实话，与朝雾一同回家的时候并没有这种感觉，一路上会有各种想法在我脑海中萦绕，这样不知不觉就回到了鹈野森神社。无论是通往北鹈野森町的坡路，还是上坡后稍有怀旧风的街道，都让我感觉很像是一个神奇故事中出现的场景。

虽说事出有因，可是洋子奶奶和宗一郎爷爷对待我这个毫无关系的外人却像亲孙女一样，他们是我人生中未曾遇到过的一类人。对于长期远离他人、独自生活的我来说，这里的人们毫无隔阂的独特关系给了我充分的新鲜感。

当然，如何看待这种关系或许因人而异、褒贬不一，但于我而言，这是一种非常舒心的关系。甚至因为过于愉快，我几乎怀疑这是我内心产生的一种幻想。

不行！不行！凡事总是硬要加入消极的情绪，这是我的一个坏毛病。我摇了摇头，不知不觉已经走到了商店街。

“咦，这不是小咲嘛！”洋子奶奶叫住了我，她手上提着购物袋。“放学啦？今天怎么就你一个人？”奶奶问道。“是的。朝雾同学好像要和朋友去个什么地方。”

洋子奶奶在家穿和服很好看，外出时身穿洋装又别有一番风韵。总之，根本看不出她已经有了一个上高中的孙子，人显得特别漂亮，可以说是光彩照人。

“哎呀，怎么能把你这么可爱的女孩儿扔下不管呢！真拿他没办法！”洋子奶奶埋怨道。“没事儿。”我正满脑子胡思乱想，只随口应了一句。什么叫“没事儿”！我可真是的。

“既然这样，小咲，今天你能不能陪陪我呢？”洋子奶奶问。“好啊。”我欣然答应。“去那边喝杯茶如何？”说着，奶奶指了指旁边那家砖瓦结构的咖啡馆。

“可是，您的时间行吗？不是还没买完东西吗？”“没事儿，买东西不着急，而且我偶尔也想喝杯香喷喷的咖啡，找人开心地聊聊天呢。”

洋子奶奶挤了挤眼睛，感觉她十分可爱。这对我来说是无论如何也学不来的把戏，我连最起码的笑都笑不好。

“走，进去吧！”“哦，好的。那我跟着您。”

哐啷哐啷，挂在店门上的铃铛响了几声。柜台里有一位男子。咖啡馆里不见其他店员，我猜想他可能就是老板。此人身材颀长，脊背挺直。不过，从他头发白多黑少这一点来看，他应该已经上了些年纪。

“来啦，欢迎光临。”声音虽然有些低沉，但十分温和，并不会让人感到压抑。“下午好。座位能随便坐吗？”奶奶问。“嗯，随便坐吧。”“谢谢。”洋子奶奶与老板打过招呼后，催我坐进了包厢的座位。桌子和座椅都已经很有年头，不过并不破旧。天花板上，一个只有在老电影里才会出现的那种四个叶片的风车一直在缓慢地旋转。

“这是一种吊式风扇。现在的孩子可能对它比较陌生。”老板解释说。那居然是风扇，我还以为是什么室内装饰呢。“哦，知道了。在车站前的咖啡厅里没见过。”我有些尴尬地应道。

“说起这家店，从我上学的时候就有了。”洋子奶奶上学的时候，那得是多少年前啊！记得朝雾好像说过“硬说她是四十几岁或许也可以”之类的话，那她很可能已经五十多岁了。如果是这样，那差不多应该是四十年前的事了吧。

这里没有张贴禁烟标志，也摆着类似烟灰缸的东西，却没有什么烟味。开了四十年的咖啡馆，居然没有烟味，这实在很了不起。应该是下了相当大功夫精心处理的结果。不管怎样，即使对我这个学生来说，这里也不失为一个可以放松的地方。

“这里很温馨呀。”听我这么说，洋子奶奶微微一笑，问道："小咲，你能喝咖啡吗？""可以，没关系的。""圭一，请给我两杯咖啡，再来两块芝士蛋糕。"

"好的，知道了。"怎么说呢，这里人和人之间的关系的确非常亲近。我从来没喝过这种在眼前现磨咖啡豆的咖啡，无论是闻起来的那种醇香的气味，还是喝起来的那种恰到好处的滋味，都与自动售货机上的咖啡有着天壤之别。

"你觉得好喝吗？"奶奶问我。"嗯。没想到有这么好喝的咖啡。"我如实回答。"是吗，听你这么说，那家伙该高兴啦！"老板……哦，不对，是圭一先生脸上露出了笑容。

"要是我过去刚到这里的时候也对圭一你说这样的话，那你一定特别高兴吧！"奶奶笑着对老板说。"算了，快别说了，怪难为情的。"圭一先生面露尴尬的神情。"那时候圭一沏的咖啡那叫一个难喝，要把它喝完都是一件十分痛苦的事。"奶奶继续说道。

"真的吗？"我感到有些意外。"那都是过去啦。"圭一先生轻轻按了按太阳穴，退到柜台里去了。

"真是太有意思了，都已经过去很久了。"奶奶带着几分感慨。"不由得让我好生羡慕。这里的人们，都很热情。可以找到时隔多年还可以一起回忆往事的朋友。"我顺嘴说道。"而我，却从来没有什么值得回忆的过去。"真不知道我到底在想什么，我竟然紧接着对洋子奶奶说出如此消极的话。"对不起。我怎么突然说出这么莫名其妙的话。"我前言不搭后语，急忙将视线转移到咖啡杯上。洋子奶奶伸手握住了我的手，说："小咲，人活着是要不断积累记忆的。"

洋子奶奶手上的温度慢慢传递过来。“不仅是愉快的记忆，难过的记忆、悲伤的记忆全都交织重叠在一起，就这样，我也慢慢变成老奶奶了。”

可是，洋子奶奶任何时候都如此开朗温和，况且她身边还有小镇的熟人和幸福的家人。与洋子奶奶相比，我这短短十几年的人生路是不是走得太累了？我不会开心地笑，笨嘴拙舌，初中三年还过得十分凄惨。这样的我与洋子奶奶根本上就有天壤之别。

“我呢，小时候曾经是个孤独的人。能看到别人看不见的东西，能听到别人听不见的声音，这种事情无论在什么年代都是惹人讨厌的。所以，我一直是孤零零的一个人。”

“那，后来，洋子奶奶是如何……”

“多亏与年轻时的宗一郎，还有当时的菜店小姑娘景子，以及刚开始在这家咖啡馆上班的圭一相识，和他们成了朋友。要不然的话……在你内心脆弱的时候，要是有人能拉住你的手，这比什么都重要。”

“我让您想起不愉快的事了。”

“小咲，你不必把痛苦的经历都归结为‘无可奈何’，因为难过的事情就是会让人感到难过，悲伤的事情就是会带给人悲伤。可是，如果所有的事情你都想一个人扛，那就太沉重了。”洋子奶奶把我的手握紧了一些。“所以说，当你遇到能牵你手的人时，你就会感到阴郁的天空突然之间乌云散尽，碧空如洗。这样一来，以后你也会俯身向其他人伸出自己的援手。”

等我缓过神来时，发现自己的另一只手也紧紧地握住了洋子奶奶的手。

“小咲，你是个多好的孩子啊！今后你一定可以交到很多朋友。”奶奶鼓励我说。“谢谢您。”我心里感到十分温暖。

“另外，”洋子奶奶略微向前探了一下身子，又向我眨眨眼，然后说道，“我这个当奶奶的可能有点替孙子说好话，不过，梦路绝不会半路松开拉着的手。”冷不丁冒出朝雾的名字，我的脸开始一个劲儿地发烫。

“来，咱们吃蛋糕吧。”洋子奶奶看着我的窘相，好像发自内心地高兴，满心欢喜地冲着我微笑。

咖啡馆里的老扩音器中传出了一曲舒缓的爵士钢琴曲。

第五章　暗云

1

病房里，足球部队长相良面无表情地看着一本漫画。他看见阿悟走进病房，满面笑容地表示欢迎，可再看到阿悟身后的我，脸上却换了一副惊讶的表情。“你是?”不在同班，从来没见过的人突然来访，难免他会感到奇怪。

“噢，对了，这家伙叫朝雾。我和他从高一开始同班。”阿悟忙着介绍我。“嗯，不好意思，你和我说过话吗?”相良盯着我问道。“啊，那个，抱歉。可能，没有。”果不其然，气氛非常尴尬，可我只能硬着头皮坚持。

反正接下来要说的话会让人更加尴尬。“你还没有痊愈，我就来打听这个事，实在是不好意思，可我不想一直拖下去。”我解释说。“什么事?”相良队长看我的眼神，显得更加可怕。“关于日野同学吗?”他问。“是的。”“噢，是这事啊，其实初中毕业后我和她压根儿就没说过话。也就是前阵子，住在当地的一帮同学说起今年要开南中同学会，所以我才跟日野联系过一次，结果还被她拒绝了。”相良队长一副轻描淡写的表情，一边看着手上的漫画书一边说道。

初中毕业后直到最近，他们真的就没有接触过吗？“我们学校，还有没有其他人和你是初中同学？”我问。“好像没有。只有我和日野。”他随口应道。每问出一个答案，我就越发感觉曾经摸不清头绪的问题开始变得逐渐清晰，答案好像要呼之欲出了。

果然是那个妖怪将日野本人及与她有过接触的人都盯上了。它想以此在日野身边播撒怀疑和不安的情绪，以便从日野身上汲取更多自己所需的负面情绪。既然如此，只要我们能确定哪些人与日野有过密切联系，就有足够的可能性保证在小樱彻底恢复法力之前减少不必要的伤害。

我问完了最想问的一些问题。可我还有一个无论如何想向相良队长求证的事。“上初中的时候……想请你给我讲讲与日野闹过矛盾的同班同学的情况。”

相良队长翻漫画书的手突然停住，他朝我看过来。那表情就像是一个小学生原以为父母不可能看到自己考试不及格的试卷，不料却被发现时一样。就连倚在墙上听我俩谈话的阿悟，此刻也不禁皱起了眉头。

虽然来医院的路上，我在电车里已经向阿悟说明了大致的情况，告诉他我要向相良队长询问一些日野上初中时发生的事情。可是现在，他看到自己球队的伙伴遭人怀疑，想必心情也十分复杂。

尽管这种强加于人的做法令我感到于心不忍，可是对于眼前这个疑问，我又不能抛开不顾。“没有一个人去帮她吗?”我问。“那是因为……”没等对方回答，我又接着问，“没有一个人觉得那不正常吗？围攻同学索要吃喝玩乐的零花钱，这就不是正经人该做的事情!”我的声音不由得越来越大。“喂，梦路!”阿悟急忙加以制止。可我的情绪如破堤之水一般喷涌而出，连珠炮似的全说了出来。“应该意识到那是一种犯罪!”或许是被我怒气冲冲的气势压倒，我看见相良队长的脸颊上流下了汗水。

“前几天在购物中心，一个自称是日野初中同学的女生对日野说‘小咲下次再请我们去玩儿吧’。”我平静了一下，接着说。“你说的可能是厄岛。”既然相良队长能够立刻说出那个人的名字，足以说明过去发生的事情确有其事。“我不知道那个女生叫什么名字。”听我这么一说，相良队长接着说道：“煽动班里的女生，并带头做那种事的人是厄岛。我们这些男生虽然已经觉察到了，可是厄岛那家伙学习成绩好，老师又喜欢她，算是班里的核心人物。考虑到插手此事会招致不必要的麻烦，所以我们男生最终什么也没说。”

听他说话的口气，好像他也曾经对日野的处境抱有怜悯之情，可又不得不明哲保身。对此，一种强烈的厌恶感涌上我的心头。“无论是旁观，还是本打算出手相助却又犹豫不决最终收回援手，其实都是一样的！但凡有人能真正伸出手，也不至于让一个人好几年连笑都不会了!”听我说到这里，阿悟拍了拍我的肩膀，说：“梦路，对不住，今天能不能先聊到这儿。这里毕竟是医院。”“哦，对不起。”我意识到自己有些失态。“没事儿。”阿悟的手搭在我的肩上，感觉他好像在颤抖。

离开病房的时候，相良队长冲我嘟囔了一句。虽然声音很小没能听清楚，不过从他冷漠的眼神和口型的变化上来判断，我隐约感觉他说的是“伪君子”。

太阳西斜，我们走向车站，准备回家。阿悟走在前面，说了一句：“你在病房的时候就不能小声点儿！”“对不起。”我急忙表示歉意，虽然无法观察到他的表情，不过，他似乎并没有对我逼问他朋友这件事感到有什么不满。

“没见过你发那么大脾气。不过，确实是让人感觉不舒服的事。”阿悟接着说。“说实话，我难以理解。”我仰面朝天嘟囔了一句。“嗯，虽然是让人不痛快的事，可如果我当时在场，恐怕也很难保证自己会上前阻止。”阿悟的看法与我不同。“什么意思？”我追问道。“如果对自己来说是特别要好的朋友，我想我会助他一臂之力，设法帮助他扭转局面。可现实问题是，比方说就拿现在咱们班来说，有些人你从高一开始就几乎没跟他们说过话吧！如果让你为了那些人理直气壮地站出来，你觉得你一定能做得到吗？”“这……”对于阿悟说的这些实实在在的话，我的确无法反驳。

阿悟在自动销售机前停住，买了两罐碳酸饮料，将其中一个扔给我。他咕咚咕咚痛快地一口气喝下了一半。“事情已经过去，你说漂亮话也好，发牢骚也好，当时没有人出手帮助日野，换作是现在，应该也不会有太大改变。所以说，既然‘人人都是好朋友’这种事在现实中难以实现，那么，如今你在日野的身边，只要你选择不像过去那些家伙一样置之不理就行了。我也说不好，我恐怕算不上可以为她挺身而出的那种人，可如果你竭尽全力帮助日野的话，那我就有了足够的理由要助你一臂之力。”

不知该说什么好了。平时看阿悟，总感觉他行事有些鲁莽，可事实上他对现实的分析比我可要强得多。“谢谢你，阿悟。”听到我道谢，阿悟抿嘴一笑，搂住我的肩膀，说：“梦路，平常看你就是一个柔弱的食草男，没想到还有如此热血的一面，真是令我刮目相看呀。”“让你这么一说，我都有点难为情了！”我轻声说道。“比起那些瞻前顾后不敢采取行动的人，像你这样敢作敢为的人才更有人情味，我觉得这样很好！”说着，阿悟在我背上啪啪拍了两下，接着说：“好了，既然如此，你不用太在意和相良之间的事。那已经不是你应该考虑的事情了。”“对不起了，阿悟。”“要是过意不去，下次就请我吃饭！”阿悟哈哈大笑，他如此欢快让我感觉好受了一些，不过内心还是压抑不住那股歉意，于是我稍微加快了脚步。

2

背后凉风习习，我走在通往北鹈野森的坡道上。路旁的树林里开始传来铃虫的鸣叫。太阳已经完全落山，到了吃晚饭的时间。

奶奶给我发来带表情贴图的信息，上面说："小咲正干劲十足地准备晚餐，你可千万不要在外面吃过晚饭后才回来哦。"看到这条重要通知，我一下车就急忙与阿悟告别，径直朝家走去。

正好我最近已经捉襟见肘，暂时不可能再有下馆子的闲钱。坡下的街道呈现出一派安静祥和的景象，根本想象不到会有讨厌的妖怪为了吞食凡人的精神而潜伏于此。不过，这只是碰巧造成的结果而已。以前那个妖怪曾灵魂附体在日野身上，现在它又十分贪婪地想要再次品尝日野的精神味道。妖怪正在等待时机成熟，它专门袭击与日野相关的人，使日野身边疑云重重、人心惶惶，借此造成日野因为不安、恐惧或后悔等负面情绪而污染自己精神的结果。而这种受到污染的精神经过不断酝酿发酵，就会更加"符合那家伙的口味"。

相良队长和那个叫厄岛的女生，初中毕业后虽然再也没有和日野有什么联系，但最近他们却偶然有了接触。我认为妖怪正是为了让日野唤醒她不愿再提起的那段刻骨铭心的痛苦记忆，才袭击了她的那两名初中同学。如果与日野有关系的人首当其冲会遭遇袭击的话，那我们就可以在一定程度上锁定今后有可能遇袭的人，并将其保护起来。这样就可以为小樱恢复法力争取更多的时间。

正是出于这种考虑，我才询问了相良队长，想了解一下他身边还有没有其他毕业于同一所中学的同学。"我感觉好像没有了。"相良队长当时是这样回答的。我也觉得至少我们同年级的在校生中再没有鹈原南中学的毕业生了。就连那个叫厄岛的当年的关键人物，也是最近才在购物中心与日野偶遇，之前并没有见过。

如此看来，今天可以说是无功而返，并没有得到什么实质性的线索。可如果直接向日野提问这些问题，我又觉得于心不忍。

“还是和小樱商量一下吧。”我心想。小樱曾经说过只要它恢复了自身全部的法力，收拾那种级别的妖怪就不在话下。倘若果真如此，要是我现在毫无头绪地暗中搜索、贸然行动的话，不仅徒劳无益，反而有可能打草惊蛇。因为无法立即得出结论的事而伤脑筋也是无济于事，索性还是变换一下思路吧。

日野终于开启了她一度静止不动的时间。放学回家，见到满脸笑容的奶奶，与奶奶一起做晚饭，全家一起吃饭，无聊地闲扯。如果过去的生活节奏没有被打乱，她小学和初中理所应当如此度过，而现在她才终于开始一点一滴地捡回曾经失去的生活。对于不知内情的外人来说，这种状态就好像偶然形成的过家家游戏一样。然而，即便如此，我觉得这对于日野恢复笑容，找回她家客厅里那张儿时照片上的灿烂笑容，一定是很有必要的。而且，无论是我还是爷爷，都无法替代她离家出走的母亲，但奶奶完全可以做得到。对日野来说，现在最渴望的就是感受向父母撒娇这种本来司空见惯的事情。

虽然我也是很小就失去了父母，不过所幸我有爷爷和奶奶陪伴，这才没有封闭自己的内心，没有让时间就此停滞。

即便如此，在我内心感到软弱的时候，不知什么原因小樱化为人形成了我的朋友。这次可以由我来发挥朋友的作用了。自从母亲离家出走后，日野的父亲因为那次灾难的善后工作不停地忙碌，日野为了不让父亲担心，并没有将降临到自己身上的倒霉事告诉父亲，她一直独自承受这个沉重的包袱，其代价却是让她忘记了笑容。

练就承受逆境的心灵，我认为在今后的漫长人生中是必要的。然而，孩子身边的大人若是将无处发泄的痛苦转化成鲁莽的行为或言语发泄在孩子身上，这不是好事。同样，被迫面对这一切的孩子如果拼命隐藏自己的泪水，忍受这样的悲伤和痛苦，也不是一件好事。

没关系，我的家人一定可以帮助她。我和严厉的爷爷、慈祥的奶奶，还有吵吵嚷嚷的小樱一起，可以让日野的时空闹钟缓慢运转。

“主人，您刚回来？”我正在台阶下停放自行车，忽听见头顶传来说话声。抬头一看，发现鸟居上有一个小小的身影。“是小樱？”“嗯。”“你怎么能踩在鸟居上，这是要遭报应的！”“我怎么说也算是有神灵法力、受神佛恩典的灵兽呀！”“你还好意思说呢！明明就是一只馋嘴猫。”“我喜欢产自欧洲的食品。”我不禁心想：哪个国家会有你这种每顿都要求吃高级猫粮罐头的灵兽！

“主人，此处地高风清，甚是舒服，不如一起来聊会儿天。”“我又不是漫画里的人物，怎么可能一跳就飞到鸟居上去！”“哦，你是说这个呀。”小樱说着，从鸟居顶上纵身向空中一跃。

那天在大雨中，小樱与那个妖怪迅速扭打在一起，以至于我没能看清楚它当时的样貌，现在一看好像比我和日野年长一些。它当初第一次在我房间里变成人形的时候明明个头矮小，是个小女生，现在应该是恢复了一些法力的缘故。

“那就对不住了。”正在我发愣的时候，小樱猛地一下抱住我的腰，飞身跃起，轻盈地落在了鸟居上，然后直接把我放在它身旁。“慢点儿，这太高了！”我有些害怕。“你别站着呀，坐下就没事啦。”它坐在鸟居的横木上，砰砰地拍了拍。“你没听到我刚才说的话吗？要是被爷爷发现咱俩在这里，那可不是简单挨两句骂就能完事的。”我自己无法从这么高的地方跳下去，所以只好一边在心里祈求神灵原谅，一边坐了下来。

这里比平时站的地方更高，可以俯瞰坡下鹈野森町的整个夜景。“这里是我的特等座。”“真想不到你居然是神社的猫，可这是要遭报应的。”不过，微风吹过，感觉十分舒服，这一点千真万确。“我和年幼的主人初次见面那天，也是在这里。”小樱注视着远方，开始断断续续地说起话来。

由于失去父母而封闭内心的那段时间，我每天都独自从这个台阶处向下眺望街景。当时，出现在我面前、牵住我的手并与我交朋友的就是小樱，它化身成了凡人的孩童——这是我昨晚才知道的事。“最初，只不过是心血来潮而已。”小樱平静地说。“只是心血来潮吗？”我问。“当时，我是受人之托才来到这个小镇，拜托我的人曾经与我一起惩治妖怪。”

小樱接着说。“惩治妖怪？”当然，它既然能与妖怪开战，自然做那种事也没什么可奇怪。“本打算事情办完后就离开本地，可是我看见一个孩子总是哭丧着脸在神社的台阶上独自玩耍，于是我想管个闲事儿。那个孩子就是主人你。”听小樱这么一说，我感到十分难为情，赶忙说：“别特意说出来嘛！我知道是我，真害臊。”

已经变成人形的小樱看着怒目而视的我，半开玩笑地笑了起来，它说：“起初无论怎么逗你，你都压根儿不笑，是个很麻烦的孩子。”“那有什么办法。父母亲突然离世，谁家孩子都不可能无动于衷、情绪正常吧。”我努力辩解。即便如此，一起玩耍的那三五天，多亏有小樱在我身边，我们才能在神社内开心地跑来跑去。

“那时候，我伸手拉着你，而你无力地握着我的手，可那已经是你尽了最大的努力。如今，虽然仍有失败和迷茫，可你已经变得能向别人伸出援手了。这对我来说是一件特别高兴的事，而主人已经离世的母亲一定也会感到十分欣慰。”“唰”的一阵风吹过，树木摇曳，小樱的头发随风飘散。翡翠般的眼眸在月光的映照下显得异常美丽。

“那时候多亏小樱你牵住我的手，使我也产生了有朝一日要向别人伸出援手的想法。所以，我告诉自己一定要有强健的体魄和强大的内心，这才开始跟着爷爷学习武术。”“原来如此。”“可在那次事故中，我失手伤及他人，从那以后就害怕面对自己的双手。我觉得自己好像已经失去了俯身牵起他人之手的资格。不过，小樱你来到我家，使我与日野那件事有了牵连，现在我觉得自己又向前迈出了一步。从这个意义上来说，或许我是希望通过助日野一臂之力而使自己得到解救。”

看我露出苦涩的笑容，小樱对我的话既没有表示肯定，也没有表示否定。它只是轻轻地扑哧一笑，嘟哝了一句：“是这样吗？”随后便将视线移向了城镇的方向。我也一时无语，再也说不出什么，便和它一起眺望眼前的风景。

不一会儿，小樱理了理随风飘动的头发，站起身来。“该吃晚饭了吧。小咲好像一直在厨房做炖菜呢。我们要是回去太晚，菜就凉了。”说着，小樱再次抱住我，从鸟居上飞身跃下。“你别这么突然往下跳呀！吓我一跳！”我正埋怨的时候，小樱已经变回了黑猫的模样。“要是这点事就把你吓着了，那淑乃可得笑话你了。”说完，小樱自顾自地先走过鸟居，开始上台阶。

它所说的淑乃，是我母亲的名字！难道它是从爷爷、奶奶那里听说的吗？我想把径直朝前走的小樱叫住。“喂，小樱！你刚才，怎么会提到我母亲的名字？”刚一开口，突然觉得好像有一只半透明的手臂抓住了我的脖颈，将我的身体用力摔向台阶旁边的树干上。

因为是在毫无防备的情况下遭到摔打，所以我的背部受到了强烈撞击，连呼吸都变得十分困难。我感觉这只半透明的手臂似乎在哪里见过。凝神一看，空中隐约可见一名女子的身影——我仿佛看见那个妖怪再次浮现出来。

“主人！”小樱发现情况不妙，赶紧掉转头跑下台阶。

“你这东西！”小樱一边大喊一边再次变回人形，飞身向妖怪猛扑过去。妖怪放开了紧勒着我脖子的半透明手臂，发出刺耳的尖叫声消失在空中。“竟敢擅自闯入此地，以为逃到鸟居之外就万事大吉了吗？”小樱懊丧地抬头仰望着妖怪消失的方向。妖怪虽然放开了我，可因为腿脚无力，我跪坐在地上，呼吸也迟迟不能恢复，憋得难受。“主人，你要挺住！”虽然我看见小樱慌忙跑了过来，可我的意识却已经就此中断。

幕间　决意

从锅盖缝隙冒出的腾腾热气，使厨房里香气四溢，沁人心脾。三勺酱油、一勺酒、一勺甜料酒，这是洋子奶奶教我做筑前煮(日式炖菜)的基本调料。以此为底料，再根据个人喜好调整酱油的用量。另外，鱼和肉也为一起炖煮的蔬菜增加香味。好极了！这简直像魔法一样神奇。

说起筑前煮，一直以来我都是草草做成貌似法式杂菜烩那样的乱炖，先将蔬菜和鸡肉过一下火，再把随意切成块状的西红柿放进锅里就算完事。而看似做工复杂、令我一直敬而远之的筑前煮，此刻却一下子感到尤为简单。

“不错，咸淡看起来刚刚好啊。”我目不转睛地盯着炖锅，洋子奶奶在我身边笑着说。她还手把手教我做了另外一道菜——日式炒牛蒡丝。洋子奶奶做饭的时候一直面带微笑，只用站在她身旁就能感受到无限温暖。就像洋子奶奶在咖啡馆里对我说的那样，或许正是因为积累了各种各样的人生经验，才有了今天的她，而对于现在的我来说，无论如何也不可能有这样的气场。将洋子奶奶与我离家出走的母亲相提并论有失礼貌，可我的确十分羡慕朝雾从小就能够有这么优雅的女性抚养他。

“小咲，谢谢啦!”洋子奶奶冷不防对我说“谢谢”，让我有些不知所措。其实应该是我道谢才对，洋子奶奶无微不至地照顾我，而我不记得自己做过什么值得她感谢的事情。我苦思冥想也丝毫没有头绪，感觉大脑快要短路了。洋子奶奶关上炉火，一边将炒牛蒡丝装盘，一边对我说：“不由得让我想起女儿在世时的时光，我特别高兴。”

她的女儿，也就是朝雾的母亲，已经不在人世了。“您女儿曾经是什么样的人呢?”我好奇地问。“是啊，这孩子喜欢做别人没做过的事，动不动就跟人打架，一旦决定的事情就绝不会改变想法。”看来是与我截然相反的人。洋子奶奶自不待言，从朝雾的性格来看也难以想象。虽然不知道宗一郎爷爷年轻时是怎样的人，不过至少他现在留给我的印象是十分严厉，因此也很难想象他曾经有一个这样性格的女儿。

“感觉挺意外的。”我说。“确实如此。不过，那孩子无论打架还是做其他事，任何时候都是为了让自己身边的人保持笑容。记不清是什么时候了，有一次，她浑身上下青一块紫一块地回来，说什么‘虽然我做不到像英雄那样为不相识的人拼命努力，但只要是为了认识的人，无论如何我都要坚持到底’，搞得宗一郎当时满面愁容。”洋子奶奶想起朝雾妈妈的往事，禁不住笑了起来。而我此时脑海中却浮现出一个颇为易怒的人物形象来。“感觉和朝雾好像有着天壤之别啊。”据说人的性格大半是后天因素决定的，所以要说理所当然也完全说得过去。“是啊，不过梦路或许从根本上也继承了他母亲的这部分性格。”奶奶感慨道。

我很难想象朝雾能像热血少年漫画中的人物那样生龙活虎。无论从他被大胆的小樱来回折腾的事情上，还是从他与高桥说话时温和的表情上。然而，无论是厄岛企图透露我的过去的时候，还是我被雨女附体的时候，朝雾都毫不畏惧地向我伸出了援手。这时候的朝雾果真如洋子奶奶说的那样，他继承了母亲身上特有的东西。

“这样就好啦。”洋子奶奶给炒牛蒡丝的盘子上套上保鲜膜，接着说：“我去把晾晒的衣服收回来。炖菜这边，后续工作就交给你可以吗？用筷子扎一下胡萝卜，能扎透就可以关火了。”“哦，好的。”洋子奶奶叮嘱了几句就离开了，厨房里只剩下我，以及小火炖煮的砂锅里发出的咕嘟咕嘟的响声。

又过了一会儿，我用筷子试过所有的菜料都已经煮透后，就关掉火，上二层去帮洋子奶奶收衣服。“怎么没在？”我在阳台上看了看，没有发现洋子奶奶的身影。看样子洗晒的衣物好像都已经收完，说不定奶奶正在整理或者熨烫衣服呢。这么想着，我便向朝雾隔壁的房间里看了看，果然发现洋子奶奶正好要将叠好的衣服放入柜中。

“洋子奶奶。”“哟，是小咲啊，怎么啦？”“那个，炖菜做好了。”“哎呀，不知不觉已经过去了这么久。”洋子奶奶刚刚叠好的，是我来这儿最初几天借穿过的衣服，应该是朝雾妈妈曾经穿过的。

“我把女儿的衣服一直这么收着，看来还是有些恋恋不舍呀。”洋子奶奶满怀怜爱地看着那些衣物，思绪仿佛回到了遥远的过去。“我穿过的这几件，虽然是十年前的衣服，可都非常漂亮、干净。既没有遭虫蛀，也没有褪色。”我说。“以前想着这些衣服恐怕不会再有人穿了，这次还能派上用场，真是太好了。”奶奶一定是一直以来用心保管着这些衣服。

“啊，对了，小咲。”洋子奶奶好像突然想起了什么，在衣柜里咯吱咯吱翻腾了一阵儿后，拿出一个木制的小盒子递到我手上。“这是什么？”我轻轻地打开了手中的木盒子。里面放着一个配有小颗水晶的吊坠儿。水晶带着一丝淡淡的绿色，让人感到一种莫名的温暖。

“如今的孩子可能不会戴这种东西，不过，你愿意收下吗？”听罢此话，我惊讶地望着洋子奶奶。“这是，我过去传给女儿的。”洋子奶奶解释道。“这么珍贵的东西，我怎么能要！”我慌忙想把木盒还给洋子奶奶，可她笑着摇了摇头。“你拿着比我这个老太婆拿着更有用。你就拿它当个护身符吧！”说着，奶奶从盒子里取出吊坠儿，给我戴上。“嗯，挺不错的。很适合你，小咲。”“谢谢您！”“小咲，你最近的表情柔和多了。”“是吗？”朝雾今天早上也刚刚跟我说过同样的话。

假如他们不是出于礼貌，而是真心对我说这样的话，那说明我正在一点一点地发生变化。总有一天，我若是能以发自内心的笑容去面对这个世界，那该……“洋子夫人！小咲!”正在此时，从一楼传来小樱大声的呼叫。我们走下楼梯，看到了身穿和服的小樱的模样，就像那个雨夜看到的一样。

它怀里抱着昏厥过去的朝雾。“朝雾!”究竟发生了什么事！“小樱，这是怎么啦?”我急切地问。“抱歉，我一时疏忽。主人昏过去了，不过应该没什么大事。”小樱答道。“你们俩过会儿再说。小樱快把梦路抱进他房间。小咲，客厅柜子里有急救箱，慎重起见你帮我拿过来。”虽然洋子奶奶尽可能冷静地向我们发出指令，但她的表情却十分可怕。

听小樱说，朝雾像是被摔打在树上，背部遭到重击，除此之外还被勒了脖子。幸亏小樱及时相助，才算只负了一些轻伤。可即便如此，已经过去了一个多小时，朝雾直到现在仍昏睡不醒。他的脖颈上隐约残留着青斑，每每看到这些斑痕，我就心如刀绞。“对不起，朝雾。”虽然对昏迷中的朝雾表达歉意无济于事，可除此之外我再也找不到能为他做的事情。

“小咲。”洋子奶奶拉开隔扇门，走了进来。“洋子奶奶。”“我来看着梦路，你去吃饭吧。”“可是……”“没事的，又不是什么重伤，他受过宗一郎的训练，很快就能醒过来的。”“好吧。”洋子奶奶自己心里一定也很难过，可她丝毫没有把痛苦表现出来，微笑着和蔼地催我去吃饭，于是我下了楼。

客厅里，宗一郎爷爷正边看报纸边喝茶。在他身边，已经变回黑猫的小樱蜷缩着身子安静地卧在坐垫上，闭目养神。矮饭桌上留着我的一份饭菜。“那我就吃了。”发生了这种事，其实我根本没有食欲，可是为了不让他们担心，我拿起了筷子。

今天的筑前煮无论火候还是入味都应该堪称是我的得意之作，可奇怪的是我居然感到索然无味。做一个人的饭，独自一个人吃，这样的日子我已经过了好几年。就因为看不到朝雾坐在那里大口大口吃得很香的样子，怎么我就会有如此大的变化。我几乎是硬把这些饭菜塞进胃里，然后放下了碗筷。

“小咲。”宗一郎爷爷放下报纸瞅了我一眼。“能帮我再倒杯茶吗？”“啊，好的。”我慌忙拿起茶壶，朝厨房走去。我看见朝雾的那份晚饭用保鲜膜包着，应该是洋子奶奶提前盛好的。我刚走近热水壶前正准备倒水，忽听得从半开的厨房窗户外传来了“唰唰”的声音。

“又下雨了。”不知从什么时候开始下起雨来。白天并没有特别闷热，怎么这时候突然下起了阵雨，难道是故意跟我过不去吗？“我得赶紧泡茶。”我摇摇头挥散这些阴郁的想法，急忙往茶壶里加水，然后返回客厅。

“让您久等了。”我给宗一郎爷爷的茶杯里添茶。热气升腾，绿茶飘香。“嗯，谢谢。”宗一郎爷爷“啧啧”品了两口茶，又把目光停在了报纸上。我环视了一下房间，发现刚才还卧在坐垫上的小樱不见了踪影。难道是去查看朝雾的伤情了吗？

我开始收拾自己的餐具，正准备把用过的碗碟放在托盘上的时候，宗一郎爷爷开口说话了。“小咲，你无须忧伤。那小子没那么怂包。”“可是，要不是因为我……我来了这里才……”“你是说如果你不来，梦路这小子就会放弃对你的帮助，是吗?”这一点，或许还不至于。那个雨夜，从他来找我的时候，不，应该说是他向我伸出援手的时候，朝雾的心就丝毫没有动摇，而我却一直不希望他深陷其中。

“那小子看上去有点胆小，优柔寡断，显得不太成熟，可他身上继承了一股出乎意料的韧劲儿，不会轻易趴下的。”“继承的，难道是朝雾妈妈的韧劲儿?”“怎么，奶奶都告诉你了吗?”“嗯，是的。只说了一点儿。”“那傻丫头压根儿不听我的话。所以说，你知道了这些，就不用再为那小子担心了。”无论是洋子奶奶，还是宗一郎爷爷，他们明知道朝雾这次受伤起因在于收留我，却没有丝毫怪罪我的意思。他们都是非常热情的人。可越是感受到他们的和蔼，我就越发强烈地萌生出一个想法：这样单方面接受庇护真的好吗?

收拾好餐具来到走廊，发现小樱在檐廊那边。“原来你在这儿。”我说。“嗯，是小咲吧!”我把防雨窗关了一半，以免雨水溅进来，随后便坐在小樱身边。我有很多话想问它，可又总觉得难以开口，正在沉默不语的时候，小樱反而先开了口：“逃跑的妖怪绝对不敢跨进鸟居以内。不过，单凭它居然敢来神社这一点，也让我甚为吃惊。”小樱目不转睛地眺望着庭院中被雨水打湿的树木。

“为什么会是朝雾?”我不解地问。“你说的为什么，是指?”小樱反问道。“为什么不是我?”我百思不得其解。“之前我也告诉过你，是因为那个妖怪把你当成了一个为自己提供负面情绪的温床，所以它这样做比直接加害于你更为有效。”小樱答道。温床，即是供应饵料之处。“那个雨夜，在购物中心晕倒的女生，是之前给你找碴儿的人吧?”小樱又问。我的脑海中顿时闪过厄岛的面庞。

“曾经附体在你身上的妖怪，窥视到你的最新记忆，随之发现了看似与你关系密切的人。”小樱接着说。“关系密切的人?”我感到疑惑不解。“在我和主人与你有密切交往之前，你曾经认识的一个人是不是摔倒后陷入昏迷?”小樱的这番话，让我想起了厄岛之外的另一名初中同学。“是相良同学，鹈野森高中足球部的。”我说。小樱应声说：“是的。”“从南中毕业后，我和他从未说过话，可他突然来找我，问我去不去参加同学聚会。他明知道我初中过的是怎样的日子，所以当时我还想这人是怎么搞的。”我带着反感说完这些话，小樱仰望着灰暗的天空一时间好像在思量什么。

不一会儿，它转过身对我说：“妖怪附体于某人，就会将危害施加于其周围的人身上，这样迫使附体的宿主充满疑虑和不安。也就是说，它最理想的目标就是与‘温床’有密切关系的人。”“可是，朝雾他……”我还是感到疑惑。“这里所说的关系，并非单纯指恶缘。”听了小樱这句话，我顿感愕然。“那也就是说，都是因为我……”“我可没这么说。”小樱急忙声明。“小樱，可是，因为管了我的事……”“是主人自己拿定主意干涉这件事的。你光为他担心也无济于事，要是你感到于心不安，等他醒过来后，更要像平常一样对待他，这样比较好。”没等我说完，小樱一本正经地说道。

那我可做不到。我有什么脸去面对他呢！“一开始他好像是有些犹豫，可一旦下定决心就决不后退这一点想必是遗传了他母亲吧。事到如今你要是谢绝，他是绝对不会放手的。”小樱补充说。“小樱，朝雾妈妈的事，你已经知道了？”“算是知道一点儿吧。不过，对主人你可要保密哟！”说完，小樱走进院子，一下子就消失了踪影。

剩下我独自坐在檐廊，抬头仰望从天空不断落下的雨滴。我曾经想过如果没有人肯帮我，自己也不会向任何人求救，独自过活即可。于是，初中毕业后，我不与任何人密切交往，也不和任何人起风波，一直过着单纯的且只是维持机械的、最低限度的人际关系的生活。这是一种既不与他人发生冲突，也不与大家共享快乐时光的生活。这是一个失去了色彩的黑白世界，是一个不再拥有笑脸、不会产生任何感动的世界。

而改变了我这一切的是朝雾。朝雾的言语和行动牵着我的手，将我带出了没有色彩的灰暗世界。与开朗的小樱交谈，融化了我一度冰冷的心。还有洋子奶奶和宗一郎爷爷，他们为我这个毫不相干的外人提供了安稳居住的场所。

可是，倘若与我牵连会带给他们人身危险的话，那么这份罪孽还得由我自己一个人来承受。

第六章　雨伞

1

放在我额头上那只温暖的手，是谁的呢？感觉不像奶奶的。虽然奶奶保养得很年轻，可因为她常年做家务，手应该更粗糙一些。难道是妈妈吗？不可能！妈妈早已不在人世。与妈妈分离已经是十年前的事了。那又会是谁呢？

“对不起。”突然间仿佛听见熟悉的声音，我睁开双眼，看到了熟悉的天花板。这是我的房间。房间里除了我没有别人。不知什么时候开始下起雨来，外面传来猛烈的落雨声。

看了一眼闹钟，日期跳转了一天，已经是第二天的凌晨一点左右。“我应该是在鸟居附近……”我在心里回想着。后来，我怎么样了呢？我轻轻活动了一下手脚。嗯，还能动。咽喉和背部仍在隐隐作痛，当时被妖怪抓着脖颈朝树干上摔打，所以疼痛也是在所难免。

看样子，应该是小樱救了我，并把昏迷中的我送回了家。“糟糕！害得大家为我担心了。”我起身下床，走路有点儿打晃，不过嗓子干得直冒烟，所以我想下楼。

打开推拉门一到走廊，我就立刻觉察到有些异样。“灯怎么亮着？”我家很少出现这么晚还亮灯的情况。我感到丈二和尚摸不着头脑。走下楼梯，发现奶奶和变成人形的小樱正站在门口。客厅里似乎也点着灯，可见爷爷也没有入睡。

“你们俩怎么啦？”我急忙问。“主人，你醒了？”“梦路，身体没事了吗？”小樱和奶奶都极为关切地望着我。“嗯，算是吧。先别说我，你们俩这么晚，站在这儿做什么？小樱你怎么淋成落汤鸡了！”听了我的话，二人面露难色，继而相互对视了一眼，随后小樱平静地说：“小咲不见了。”“什么？”日野不知去向？“怎么回事？难道是被那家伙抓走了？”我慌忙问道。“不会的，只要鸟居没有遭到损毁，逃跑的堕妖就绝不可能侵入神社内部。”“那又是为什么呢？”我茫然不解。“后来我一直守在神殿，想看看妖怪的灵气是不是藏在附近，结果忽略了小咲的动向。等我听说她不见了，就急忙四处寻找，可还是没找到。对不起，主人。”

难怪小樱浑身上下全湿透了，原来是这个原因。“小咲看到你昏迷不醒，一直在狠狠地责怪自己。”奶奶说道。“明明是我坚持这么做，自己变成这样而已呀，她怎么……”日野是个体贴的人。虽然从表情上看不出来，可当身边的人受伤时她不可能装作若无其事。“是不是我的失败把日野给逼走了。”

“梦路！”在我咬牙切齿悔恨不已的时候，爷爷从客厅走出来，将手搭在我肩膀上。他锐利的目光，直直地盯着我。“如果你以为那姑娘是因为这个而感到负担沉重才离开的话，那你真是太愚蠢了。自从母亲离开后，她为了不让父亲担心，甚至连哀叹自己遭遇的任何一丝情绪都强压于心中，默默忍受。这样的孩子，你觉得她会是那种秉性吗？”

那她又是为什么呢？我朝小樱那边看去，只见它闭上眼睛摇了摇头，随后说：“小咲或许，想独自做个了结。”“为什么？”我下意识地揪住了小樱的衣襟。“为什么日野得一个人承受这一切？”有一种不知该向谁发泄的情绪，从我嘴里喷发出来。“她一直都独自忍受着一切，即使她因为父亲的事被人恶语中伤，即使她母亲因忍受不了沉重的社会压力而离家出走。可是作为孩子，对于那些无情的话语和行为根本没必要强忍于心呀！”由于无端的诽谤与中伤，加上被人冷酷地对待，使她甚至忘记了如何去笑，这也太过分了。“好不容易，她的表情总算开始变得柔和一些了。是吧，小樱。等再过些时日，再让她看看无聊的电视节目、吃吃美味佳肴、和大家一起外出游玩一番，就真有可能看到她露出自然笑容的样子了。经历了那么多痛苦，如果连这点事都不允许她体验，那就太岂有此理了！”我把心里所想一股脑全说了出来。

“小咲一定是不容许别人破坏她在这里与主人及洋子奶奶、宗一郎爷爷度过的时光。”小樱说道。“既然如此，她又为什么要离开呢！”我仍然百思不得其解。“我觉得她是不想舍弃这一切。不想让人破坏这一切。所以，我认为，她并不只是想闭上眼睛、堵住耳朵，等待暴风雨自然过去，而是想要亲自面对不得不跨越的挑战，正面迎击它。”小樱说着，把抓我的手轻轻放了下来。

“梦路。”奶奶把手放在我头上。记得奶奶上次这么做，还是我小时候摔倒大哭的那一次。奶奶的手从那时候开始就一直没变，仿佛有魔法似的可以帮我驱赶所有不安。“小咲是个坚强的孩子。可即便如此，世界上还是有许多独自一人难以承受的事情。你应该怎么做？想怎么做？已经明白了吧！”“嗯。”“既然如此，就得把自己的想法再去告诉她呀！”“嗯。小樱，想请你助我一臂之力。我不想把已经伸出的手再收回来。也不想今后再后悔。就像小时候你帮助过我一样，我也想成为能够伸手帮助他人的人。”我坚定了信心。“不错，你不是蛮会讲话的嘛！估计这次得是重体力劳动，可不是用两三罐高级猫粮罐头就能打发的哟！”“我把零花钱全拿出来请客，你想吃多少就吃多少！”我边说边伸出手，小樱毫不在乎地笑了笑，握住了我的手，“这个约定，你可千万不能忘哦！”

2

雨水滴答滴答敲打在雨衣上，我不禁皱起了眉头。空中乌云密布，根本见不到星光。时值深夜，店铺也只剩下 24 小时便利店还有灯光，所以我骑车很难看清路况。

“我说主人，你跑出来倒是无妨，可你知道要去哪里吗？假设那妖怪与小咲在一起，可它如果控制自己的灵气潜藏起来的话，我就很难探查出它的踪迹。”为了减少体力消耗，小樱已经变回猫身，躲在雨衣里跟我说话。“我能想到的只有一个地方。比起刚才你说的，我觉得更应该好好想一想一旦真的找到日野，碰见那个妖怪应该怎么对付才好。”毕竟，距离我们当初设想好的、小樱能够完全恢复法力的时间，还有相当长一段时日。

“就目前现状来推断战斗力的话，若是在没有任何条件的情况下突然交手，我觉得双方势均力敌。不过，如果能巧妙地先将小咲保护起来，再想办法撤离，返回神社，这才是上策。这样一来，除了白天我们最好不要外出，直到捉住那家伙为止。这也是不得已而为之，而且……”听到小樱有些迟疑，我急忙追问道：“而且什么？”“如果反复被妖怪附体，灵魂也会遭到黏着，或许就不能像上次那样顺利剥离了。要是那样的话，还有可能会在小咲的精神上留下后遗症，所以我们要尽量赶在妖怪再次附体之前把小咲解救出来。”“见鬼，什么啊这是！”我表示厌恶地咒骂了一句，加快了骑车的速度。

冲过东鹈野森住宅区，穿过国道，再从轨道铁架桥下钻过，终于来到了鹈原新区。此时的雨下得更为猛烈，简直和上次一模一样，大雨像是要抗拒一切似的。我们径直从漆黑一片的购物中心前冲了过去。“该不会在这里吧？”小樱问。“要是日野真的想和妖怪做个了结，那她会不会去曾经被妖怪附体的地方呢？倘若如此，地点就可以锁定了。”我如是应道。

赶到鹈原南公寓的时候，穿在身上的雨衣已经完全失去了意义，全身淋成了落汤鸡，我脱下雨衣胡乱塞进了自行车前筐。因为下大雨的缘故，甚至连附近的独栋房屋住宅区都根本看不清楚。公寓楼浮现在黑夜中，每一层走廊的照明灯都显得阴森可怕。“不管怎样，先上去看看。”说完，我正准备进楼门，突然意识到自己忘了一件事。“糟了，我们没有钥匙！”

别说要去日野家，目前这情况我们连公寓楼都进不去。上次来的时候，是日野给了我一把钥匙。这一点我疏忽了，是个失误。抱着试试看的想法，我按了一下楼门口日野家的对讲电话，不出所料果然没有人应答。

“嗯，没办法。既然都来了，也没必要藏着掖着。主人，咱们出去。”说着，小樱拔腿就朝楼门外跑去。“喂，小樱，等等我！”我慌忙跟在它身后。“多亏下雨，再加上这个时间段，应该不会引起别人注意。”等我跑到公寓楼外时，小樱说话间已经变成了人形。

“你打算怎么办？”我不解地问。“我没打算怎么办！”话音未落，小樱单臂搂住了我的腰。“喂，难道你？”“小咲家是住8层吧。主人，你提前闭上嘴就好，要是咬了舌头可就难受了。”“等，等等……”我的抗议被它豪迈的一个跳跃给打断了。“可还好？！”小樱说着，飞身跃起一层楼的高度，用手抓住走廊的栏杆，随后即刻跳到下一个地点。它每跳一次，映入我眼帘的就是更高处的风景，令我不禁屏住了呼吸。

按时间来说也就10秒钟左右，当我降落在8层走廊的那一瞬间，出了一身冷汗。“我以为自己死定了!”“这点儿小意思就害怕可太丢人啦，主人。要我说，接下来才更是够你受的……”小樱一边叹气一边转过身来面朝我，突然欲言又止。

8层走廊上一片寂静，我甚至可以听到自己呼吸的声音。我顺着小樱的视线看过去，发现它好像正在观察日野家附近的情况。“这可能还是有些困难。”小樱警惕地说。“怎么回事?”“嗯，应该让主人也看得一目了然些。”说着，小樱从怀里掏出一个貌似护身符的东西，对着它比画了一个什么符号，嘴里念念有词：“诸法如影像，清净无瑕秽。取说不可得，皆从因业生。我身则六根清净。”念过咒语后，小樱手里的护身符开始发出淡淡的光芒。

“主人，拿着这个。”“用它可以干什么吗?比如能打仗之类的?”我问。“主人你比一般人也就多通那么一点灵性，要是你拿着它就能与妖怪开战的话，那我就不用受累了。不过，只要拿着这个护身符，你感受灵性的能力就会有所提高，所以，你从这里就能看到‘那家伙’。”说着，小樱把护身符递给了我。

凉飕飕的，背部突然感到一阵发凉。直到刚才，我的眼睛还只能看见深夜空无一人的公寓楼走廊，而现在异样之物却已清楚地映入我的眼帘。“我说，小樱，从日野家喷出来的那种貌似青烟的东西，是不是跟你上次给我看过的缠绕在人身上的‘阴气’一样啊?”说是青色，其实还混杂着泥土一样的黑色。“嗯，不过，那个有点非同寻常，不是一个人所能承受的密度。”小樱回答。

如果把这些都当成来自负面情绪的阴气，那一直以来日野封闭在心底的忧郁究竟有多少啊！“要是那家伙真把这么多阴气全吸走，依我现在的法力将处于下风。主人，赶紧！”说完，小樱跑了起来，我也急忙紧随其后。

这也应该是小樱给我的护身符发挥出的作用，来到日野家门口时，我觉察到不断喷出青黑色雾状气体的房门里面有一些异样的动静。感觉似乎有一根丝线从脚下攀爬上来，不分青红皂白地缠绕在任何靠近的物体上。“糟了！”我转动了一下门把手，门果然是锁着的，纹丝不动。

“日野！快开门！”敲门也没有任何反应。“把门锁砸坏倒也不费什么事，可要是在这里大张旗鼓地搞破坏，恐怕就真的会把人招来，搞得一发不可收拾了。”小樱显得有所顾虑。“那该怎么办，我们没那么多时间了！”我心急如焚。“从阳台进去就没问题，毕竟这么大的暴风雨，大风把窗户吹坏也不稀奇。那就出发啦，主人。”话音未落，小樱抱起我，再次一纵身抓住了走廊的栏杆。我还没来得及制止，小樱又开始在公寓楼的外墙上飞檐走壁了。

刚一站到 13 层楼高的公寓楼顶上，又马上纵身跳到另一侧。“哇呀啊！”看到脚下遥远的地面，我感到一阵反胃，不由得尖叫起来。很快，小樱抱着我站在走廊的相反一侧，也就是日野家的阳台上。“怎么样，主人。准备好了吗？”“算是吧。”说实话，这样忽上忽下吓得我腿还在不停地颤抖，不过我狠狠地掐了一把自己的腿，鼓足劲儿摇摇晃晃站了起来。我知道不能在这里耗费太多时间。

“嗯。那我就动手了。”小樱把手放在阳台的玻璃门上，嘴里简短地念叨了几句。接下来的一瞬间，整个玻璃门上出现裂痕，玻璃开始粉碎，散落在玻璃门内侧的地面上。与此同时，刚才在门外走廊上感受到的那股寒气再次向我袭来。青黑色烟雾像是从客厅对面，也就是日野的房间里漫溢出来。

我和小樱对视了一眼，下决心推开了日野的房门。不知是风压还是什么，在打开房门的那一刹那，我仿佛被什么东西猛撞了一下，差点儿被推回到走廊的墙壁上。日野蹲在房间靠里面的床上，发出痛苦的呻吟，从她身上一直升腾着青黑色烟雾。而且，我能够清楚地看到这些烟雾正源源不断地流向那个漂浮在她头顶上的妖怪。

妖怪如同一个巨大的生物，从它飘动的长发，还有明明是透明体却清晰可见的白色手臂，我感觉到这家伙的妖气较之前有所增加。“日野！”我大喊一声，日野蹲在那里，肩膀颤动了一下，缓慢地将脸转向我。不知道她独自一人已经这样抵抗了多长时间！看到满脸憔悴的日野，我心如刀绞。

“朝雾同学？你怎么？”“还用问，肯定是来帮你的！”“主人，我下来了！”当小樱出现在我面前的那一瞬间，我看见妖怪将手臂伸了过来。“小樱！”妖怪和小樱扭打在一起，从那一刻起，房间里喷出的妖气越来越强烈。“这家伙果然吸食小咲的阴气，增加了法力！”小樱自言自语。妖怪在继续与小樱撕打的过程中，一会儿看看日野，一会儿又看看我，然后龇牙咧嘴露出了狞笑。

“不好！主人!”小樱猛地在背后将我踢飞，我倒在了客厅那边。“你干嘛?”我搞不清楚状况，一头雾水，起身一看，才发现妖怪伸出的另一只手臂重重砸进了我身后的墙上。这一拳要是正中人身的话，那可不是闹着玩儿的。在不寒而栗的同时，我意识到郁积在人内心的憎恶之念化成有形之物时，居然能产生如此巨大的能量，这是何等可怕。

“啊 zsxdcfvgbhe 嗯 jmk、l;!”妖怪不知所云地发出刺耳的吼叫声，揪着小樱跳到走廊。二者继续扭打，看样子很快就要一起拥进我所在的客厅，小樱踢了妖怪一脚，这才留出一点儿间隔。

“我无法把小咲从妖怪身上剥离下来，有点儿力不从心啊!”小樱满脸憎恶地怒视着妖怪。日野已经被妖怪的长发捆住，禁锢了起来。“不能再像上次一样吗?”我觉得可以像那个雨夜在购物中心前那样救出日野。“刚才我已经说过，要是妖怪已经开始与小咲的灵魂黏着在一起，就没那么简单了。如果强行剥离，小樱的灵魂也会受到伤害，所以必须弄清楚才行。”小樱回答。

我们与妖怪怒目而视，此时听到日野发出痛苦的喊声：“快跑!”妖怪应该意识到这句话是冲我们喊的，它朝我们邪恶地一笑，随后挟持着日野从我们砸坏的玻璃窗朝阳台跳了出去。“糟糕!”没等小樱跟上，妖怪就快速从阳台朝楼下飞落下去。“日野!”我们探出身朝下望去，只见妖怪降落在公寓旁的一片空地上。大雨中，可以看见它的身影阴森森地漂浮着。

“不像是逃跑，可能是引诱我们。”小樱说道。“追吧，小樱！”我向小樱发出呼唤，而小樱盯着我的脸看了一阵儿，说道：“主人，那家伙吸食阴气增加的能量超过了我的预想，如果面对面交手，我获胜的可能性微乎其微。而且，那家伙为了继续从小咲身上获取能量，很可能会对主人你下手。”“你的意思是让我放下小咲不管，自己逃命吗？”“你听我把话说完！”小樱把手搭在我肩上，露出了无所畏惧的笑容，“虽然形势对我们不利，可还是有办法的。关键要看主人你的决心了。”

3

正如小樱所说，妖怪像是专门等着我们下去找它似的，站在那块空地上冲我们冷笑。妖怪的头发似蟒蛇一般翻腾起伏，裹挟着日野。“日野！”任凭我怎么呼喊，也没有回应。她似乎还有意识，呆滞的目光仿佛想要诉说什么。

“的确不能再犹豫了。”小樱焦急地说。“不能犹豫，是指什么？”我有些茫然。“已经开始侵蚀她的意识了。一般来说，如果只是单纯被吸食了阴气，还不会影响当事人的意志，可要是被附体后在灵魂深处扎下根，那就另当别论了。”小樱如是回答。“就好像灵魂遭到侵占，是吗？”我好像明白了是怎么回事。

开什么玩笑！不管它是诞生于悲剧传说中的妖怪还是其他什么玩意儿，我怎么能允许这家伙夺走正在努力找回往日时光的日野的未来！“主人，你做好心理准备了吗?”面对小樱的提问，我默默地点了点头。“那就出发!”我和小樱同时起跑，向妖怪猛冲过去。

距离妖怪还有十来米的地方，只见妖怪朝我们伸出了手臂。小樱跳起一躲，那只手臂把前方一堆盖楼用的建材拍打得飞溅四散。不是开玩笑，吸食了那种东西，这家伙真的不容易对付了。看我打了一个寒战，妖怪似乎捕捉到我的恐惧，将脸转向我。它把伸出的手臂强行收回，紧接着改变方向朝我逼近。一般学生如果仅仅只是练过一点武术的话，很难妥善处理这种非常规的进攻。我就势正面迎击。当然，要是直接遭到对方重击，那可就是非同小可的伤害，这一点显而易见。

“贴上了！小樱!”我一举成功。“干得好!”腾在空中的小樱一念咒语，刚才一直藏在我衣服下面的护身符就发出万丈光辉，将妖怪的攻势击退。随后，从护身符上散发出一股似雷电一般的强光转眼间沿着妖怪的手臂攀爬上去。“km 嗯jbhgvfcd!”妖怪像触了电一样，发出奇怪的声音，全身抽搐。我们从它身边溜过去，跑到日野跟前。

“好啦，这下，这家伙暂时动弹不得了。我们趁现在赶紧把这家伙从小咲的灵魂里剥离出去。”小樱和我轻轻摇了摇日野的肩膀。“起不来是吗？反正我要找到那家伙和小咲灵气相连的地方，然后切断就……”没等小樱的话说完，妖怪的手臂突然从日野的身体里冒出来，“扑哧”一声刺进小樱的腹部。

小樱露出痛苦的神情，它朝刚才自己用护身符施法定住的妖怪所在的方向看了一眼，奇怪的是本应留在原地的妖怪却如同蒸发了一般无影无踪。日野慢慢站了起来，从她的身体中隐约可见妖怪的身影。

“我想错了。”小樱好像突然意识到了什么。“怎么了，小樱?”我疑惑不解。“别过来，主人!”我正准备跑过去，却被小樱大声制止。它紧紧抓住妖怪刺进其腹部的手臂，不肯松手。“难道头发才是本体? 我上当了!”小樱恍然大悟。“小樱，伤口必须处理一下!”虽然我并不知晓作为灵兽，这种伤势靠它自身的恢复力能否痊愈，但我觉得这伤不能就这么放任不管。

“主人! 如果错过现在的时机，小咲的灵魂恐怕就不能顺利恢复了!”小樱口吐鲜血，将脸转向我。“我很高兴，时隔十年再次见到那个孩童，发现他已经成长为懂得体恤他人痛苦，能为他人赴汤蹈火的人了。”说着，小樱用另一只手取出几张护身符，朝头顶抛撒出去。

那些护身符配合着小樱的咒语，在它和妖怪周围盘旋，紧接着，它们脚下开始冒出青黑色的火焰。“只要主人你有想挺身相救的人，那么助你一臂之力就是我的使命。”小樱坚定地说。“说什么呢，小樱。你如此悲壮地开这种苦涩的玩笑，想干嘛呀!”青黑色火焰愈烧愈旺，妖怪和小樱身上都开始发光。“很抱歉，我没能彻底消除小咲灵魂中可能留下后遗症的后顾之忧，但我可以用这把送葬之火将这家伙带走，剩下的事情就交给你了。”“等等，小樱！就没有别的办法吗？”“这火只可能烧坏灵体，小咲的身体你不用担心。”小樱像是要打消我的顾虑。“我说的不是这个意思！我怎么能让你消失呢！？”“主人，人生在世，会经历许多痛苦。就像当年淑乃将你托付给洋子夫人和我之后便离开了人世一样，有时候有些事情不得不接受。”“你在说什么？为什么你会提到我的母亲？”“没能亲口告诉你虽然有些遗憾，不过，这件事还是交给洋子夫人说吧。”说着，火势愈演愈烈，妖怪的半个身体已经土崩瓦解。而小樱那只与妖怪揪扯在一起的胳膊也已经消失殆尽。

不行，小樱。这样不行。“不要！”我大声呼喊，抱起火焰中的小樱扑倒在地上。

“这是……”等我清醒过来，青色火焰已经烟消云散。剩下一只单臂的小樱撑起上半身，怒视着我，说：“主人，你真是个大傻瓜！”“就算是我也愿意！”我应道。“好不容易才有这么好的救人机会！”“可我不想让你死！”“你真不懂事。”“有什么话回头再说。”我们朝稍后站起身的妖怪看过去。虽然它已经失去了一半身体，可还一直发出尖叫声，愤怒地盯着我们。

“既然我的招数已经被主人你搞砸，那剩下的就只能因循守旧、采取希望渺茫的办法了！”小樱无奈地说。“什么办法？”我急于知道答案。“趁我和那家伙交手的时候，你唤醒小咲，争取让她本人抗拒妖怪的束缚。”“为什么说这种方法希望渺茫呢?”“因为从被妖怪附体的那一刻起，小咲的心中就已经有了与妖怪的邪恶产生共鸣的东西。要想彻底断绝这种联系，就必须让她打心眼儿里彻底否定那个家伙。”也就是说，日野必须自己与过去曾经经历的凄惨回忆做一个了断。

这种说服工作，我能胜任吗?“怎么样，主人。”小樱问。“只能如此了!”我很坚决。“当然也可以一跑了之。”“想都别想!”“你把我使出浑身解数的一招给葬送了，还好意思说!”小樱嘴上虽然不依不饶，可还是一边无奈地叹息一边笑了。

“来吧，机会可只有一次!做好思想准备了吗?”小樱对着我问道。“当然了!”小樱听到我的回答，说了一声“好”，随即飞奔出去。“p噢哄啾 hygtfr!”妖怪吼叫着与飞扑而来的小樱激烈搏斗，双方势均力敌。“你给我老实点儿!”小樱使出吃奶的劲头，将妖怪按住。

“主人!”收到小樱的信号，我急忙跑向日野，扶起她的身体，不停地晃动她的肩膀。她虽然睁开了眼睛，可是两眼无神，仿佛毫无意识。“日野!快醒醒!”她对我的呼唤没有反应。“日野!”她的视线仍然只盯着空中。

“主人!我可按不住太长时间呀!”小樱大声喊叫。“我也答应过奶奶他们，一定要把人带回去!”我甚至已经拜托了奶奶，让她把所有人的早饭都准备好。我们缺一不可。“而且我已经想好了，绝不放手!我想好了，一定要让她笑起来。”我要让那个在购物中心一边对我说“朝雾你真是个奇怪的人”，一边面露温柔表情的日野，让那个曾经在洗面台前开我玩笑，模仿我却一点儿也不像的日野，还有那个我刚一说她眉眼变得比以前温柔，她就红着脸朝我抡起书包的日野，真正开心地笑起来。

我紧紧抱住日野，大声呼唤。与此同时，日野脖子上戴着的项链吊坠发出了奇怪的亮光。“算是及格吧！已经相当一表人才了嘛。我稍微帮你一把。”我感觉有一种似曾听过的令人怀念的声音在我的脑海中回荡。

4

一直下着雨。感觉自己好像已经不在刚才那片空地，但具体在哪儿却不得而知。看不到小樱的身影，也看不到妖怪。我的眼前，只有一人。日野低垂着头，淋着雨站在我面前。“一起回家吧！”我说。“我知道，我的心里已经混杂了和那个妖怪一样的东西，所以我回不去了。”日野从口中挤出了这句表示拒绝的话。“你的家人，还有商店街的人们，大家都很和蔼。和你们在一起，我感觉特别温暖。然而。我的心中已经有了那种东西，说不定哪天会伤害到大家。所以，我想保护大家，我觉得连同那肮脏的灵魂，我把自己整个人带走是最好的解决办法。”她竟然下了如此悲壮的决心。“可是，你们为什么要来救我！小樱负了那么重的伤，而你明明就是个普通人，很可能会被杀死！”第一次看到日野流露出如此强烈的情感，她哭了。

眼泪扑簌扑簌地直往下掉，她揪住我的衣领，不停地用前额撞击我的胸膛。如此温柔的女生，却经历了让她内心埋下强烈憎恨的凄惨过去，而我无法帮她消除过去的一切，这是何等残酷？

另一方面，这个世界上苟活着一大批迫使他人背负沉重罪孽，自己却毫无意识、安稳度日的人，这是何等没有道理可言！对这样的世界产生憎恶之心，或许也是无可奈何。然而，我希望日野能够透过笼罩在她内心的乌云，能够看到前方的风景。“有日野在身边，大家都很高兴。无论是奶奶、爷爷，还是商店街的人们。包括小樱，还有我。”“可是！”

我想传达自己的心情，于是我闭上双眼，做了一个深呼吸，又睁开了眼睛。我发现手里多了一把雨伞。我把雨伞撑开，举在日野头顶。“你要是把伞丢了，我就来打伞。如果哪天我把伞丢了，你就来打伞哟！”这就是我绞尽脑汁能说出的所有心里话。

接下来的一段时间，只有雨滴声包围着我们。不久，日野缓缓扬起脸，问道：“要是我们两个人都丢了雨伞呢？”“那时候就……”我稍微迟疑了一下后，说：“那我们就淋成两只落汤鸡一样一起回家，怎么样？再让奶奶笑话，让小樱和爷爷吃惊。”听我如此回答，仰头看着我的日野说道：“你说什么呀！”她抖动着双肩，让我第一次看到了她的笑颜。雨慢慢减弱，从云层中开始洒下阳光。

亮光突然炸裂，我的意识又回到了深夜的那片空地。

“主人！”我朝发声的方向望去，只见小樱和妖怪还扭打在一起，妖怪发出痛苦的呻吟，已经开始踉踉跄跄、东倒西歪。小樱瞅准这个时机，将妖怪击倒在地，插上护身符，随后朝这边跳了过来。“小咲呢?”小樱朝日野那边瞥了一眼。日野已经耗尽所有体力，可她还是冲小樱笑了笑。“干得真棒!”小樱露出微笑，从怀里掏出所有护身符抛向空中。

“所谓天清净，乃洁净天之七曜九曜、二十八星宿；所谓地清净，乃洁净地神三十六神；所谓内外清净，乃洁净家内三宝大荒神；所谓六根清净，乃袚除其身其体之污秽；赐予洁净之事由，乃归于八百万神……”

飘舞在空中的护身符变成一把利刃，飞身而起的小樱将其持在手中，朝妖怪的眼睛刺去。

“天地一切，清净袚除。”小樱戳进去的刀刃在它念完咒语的一刹那变得炽热，妖怪临死前还没来得及挨着我们，整个身体就已经蒸发，化为乌有。“嗨呀，就是因为主人太任性，让人吃了多大的苦头。”小樱四肢无力地一屁股坐下，又开始对我骂骂咧咧了。“要是接下来的半年，每天吃不上不重样的高级猫粮罐头，我可真是划不来呀。”“三个月行不行啊?”我讨价还价。“好你个糟糕主人！等我伤好了再跟你算账!”“我也没辙呀！谁叫我囊中羞涩呢！况且本来你就吃得太多!”见我和小樱互相骂个不停，日野看着我们，轻声说：“我也出一半。”说着，露出了开心的笑容。

尾　声

究竟那一瞬间听到的声音是什么呢，最终我也浑然不知。我告诉他们在那个瞬间出现之前，日野身上配戴的吊坠发出了特别柔和温暖的亮光。听我说完这句话，奶奶和小樱脸上都露出了难以形容的表情，他们面面相觑，虽然嘴上说“有时候会有一些奇怪的事情发生”，可实际上他们应该知道些什么。

明明清楚地知道我母亲的事情，可小樱还口口声声说“早晚等主人长大成人后”之类的话，我总是被它稀里糊涂地敷衍过去。说起小樱，在那场大火中失去的一只胳膊，好像是化为人形时灵气汇集的一个部分，变回猫身后，它又恢复了四肢健全的状态。虽说如此，但由于它再次失去了大半能量，所以目前还是作为一只吵吵嚷嚷、喋喋不休、好吃懒做的烦人猫在我家阔步横行。说不定哪天，这家伙会主动把自己的身世告诉我们。

在教员办公室与人告别后，我走出教学楼，看见了站在校门口的日野。“抱歉抱歉，让你久等了。”我小跑几步，赶紧上前道歉。日野合上了刚才一直在看的书，瞧了瞧我，问道：“见到对方了吗?”“嗯，怎么说呢，人家笑我说‘你怎么现在还念念不忘呢’。”

今天，我来到了今年夏季比赛时因我而受伤的那个学生所在的学校。我是通过我们学校从中联系，今天专程过来见面的。来之前我设想了各种各样可能被人家指责的怨言，而对方的实际反应却十分坦率。不仅如此，他的伤病已经痊愈，好像已经开始恢复训练了。“他还对我说‘下次要是再碰上，我一定要让你大败而归哟’。”

我苦笑了一下，挠了挠头。日野见我这副神情，便说：“这么一来，你也得赶紧开始正式参加训练呀。”说完，露出了平和的笑容。自从那天以后，日野的表情确实一天天变得鲜活生动起来。

那天，当我们浑身湿透、狼狈不堪、满身是泥地回到鹈野森神社时，日野抱着前来迎接我们的奶奶放声痛哭，奶奶一直搂着日野，直到她停止了哭泣。后来，全家团圆一起吃饭的时候，她有说有笑，我跟她开玩笑，她还会跟我赌气绷脸呢。接下来，我想她一定还会让我们看到各种各样未曾展示给我们的表情。我无比期待着这一切。

学校的生活也开始逐渐发生变化。班上同学都注意到日野在教室里的表情越来越柔和，甚至偶尔还能看见她和几名女生课间一起说话的情景。我觉得今后一定还能看到更多变化。

我们佯称因暴风而吹坏的阳台玻璃门虽然还没来得及安排替换，可是因为日野的父亲下周要回家一趟，所以目前我们家这种奇妙的同居生活眼看就要结束了。听说日野好像要跟奶奶学习厨艺，今后时不时还会来我们家。最近就连来爷爷武馆练武的孩子们也开始喜欢她，都把她当成鹈野森的当地人。今后，鹈野森町如果能成为她的一个安宁之地，那于我而言将是无比开心的事情。

人们所拥有的喜悦与悲伤，其程度并不一定与人生经验的多少有关。像我们这样才刚刚经历了十几年人生，却也遭遇了让人绝望的离奇事情，有时候一个人无法承受这些，就会屈服。可是，如果能有人牵起你的手，就一定能够渡过难关。日野这次正是因为与很多人进行了真心交流，才一点一点地找回了曾经失去的安适自己心灵的时间。

我们缓缓地走在夕阳映照下的商店街。向咖啡馆老板问好。日野紧紧地拥抱菜店的景子阿姨。今后我们还要日复一日地度过嘈杂、温暖的每一天。我们手拉手，感受着对方的温暖。

猫妖今天一如往常，照例在鸟居上打着哈欠，我俩冲它打招呼："我们回来啦。"

番外篇　我的世界

1

“这可真够夸张的啊！”阳台门玻璃粉碎，墙壁上砸出一个莫名的大窟窿。公寓管理处的阿姨一看到我家这般惨状，嘴里立刻就嘀咕了一句。

我的心灵得以唤醒。因妖怪而引发的一连串事件也已经过去数日。事情暂且算是结束了，可还有尚未解决的问题。朝雾和小樱赶来救我的那天晚上，房间遭到破坏，需要恢复原状。

通风效果“剧增”的阳台窗户不光玻璃损坏，连窗框也变了形，好像并不是换一块玻璃就能简单解决的事情。再加上这栋公寓楼建于我出生的那一年，管理处阿姨为了确认同款产品是否还有库存就费了很大的周折。阿姨跟厂家的人在电话里说这也不对那也不是的时候，我在一旁闲得发慌。

明明请人家来查看房屋的破损和修理情况，要是我自己不在场，显得有些说不过去，于是我漫无目的地在客厅里环视了一周。架子上放着那个相框，照片里是儿时的我和父亲，还有离家出走后一去不返的母亲。照片中儿时的我，无忧无虑地依偎在父母的臂弯里笑逐颜开。这张照片中的我，当时并不知道后来将会失去这样爽朗开心的笑容。

说实话，以前我连这张照片看也不愿意看。之所以一直没有把它扔掉，是因为我知道父亲至今没有将母亲忘记。当时的我，就算已经猜出母亲离家出走前的心情变化，可还是无法理解她的行为。直到今天，要说是否真正理解了这一点，我仍然没有这个自信。然而，通过这次发生的妖怪事件，我稍微明白了一点事情。那就是：人心是非常脆弱的，心情低落的时候如果想要积极向前，就需要有人愿意拉着你的手携手前进。

经过了这么多年，我才终于遇到了愿意为我做此事的人们。母亲那天离家出走，肯定是因为没有这样的精神支柱。当时，年少的我因为自己的烦恼而自顾不暇，父亲一定也没能体谅母亲的苦衷。倘若母亲现在突然回来，我想我恐怕还是很难马上接受这个现实。可见，当时我所承受的失落感是何等巨大。她非但没有在我难过的时候保护我，反而自己逃跑了，我也因此恨过她。后来我遭遇了被那可恶的妖怪附体的烦恼，总是不能轻松地将其转换为舒畅的心情，我自己也没能做好这件事。

但如果是循序渐进，如果是像现在这样处于身边有朝雾、小樱、洋子奶奶和宗一郎爷爷的这种环境，我想我自己可以一点一滴地冲刷掉那些忧愁。

“日野小姐，厂家的人刚才说，从库房调货，再加上安排人手来安装，还需要三天时间。”管理处阿姨显出一副为难的样子，把她和厂家交涉的结果告诉了我。“知道了。就这样安排吧。”“可是，这几天没窗户能行吗?”“没关系，我暂时借住在朋友家里。”“这样就好。”

反正，也不总是有小偷从公寓楼的高层阳台入室盗窃，况且我把贵重物品都暂时带在身上。父亲要回来也是下周，在那之前差不多可以恢复原样。而且我已经跟父亲沟通过此事，所以没有问题。我拜托完厂家修理的事情，再次出了家门。

2

“你的曼德宁咖啡，久等了。”回到商店街，我走进前些天洋子奶奶带我来过的咖啡馆。身材高挑、正值壮年的店主圭一先生把我点的咖啡端了过来。

这里能喝到的咖啡品种都很不错，而我最喜欢的就是曼德宁。这种咖啡酸味少，相反苦味却比较浓厚，适合搭配蛋糕类的甜品。“高中生居然喜欢这款咖啡，你这爱好可真够质朴的。”圭一先生说道。“是吗?”“是的。梦路偶尔也会来，不过他每次都往牛奶咖啡里拼命加糖。”“哈哈。”那种情景仿佛就浮现在我眼前，我不禁笑了起来。

“曼德宁咖啡是产自东南亚的咖啡豆，那里的咖啡树曾因病虫害侵袭几近毁灭，这种咖啡是以那些经受住病害，并残存下来的咖啡树作为原料制作而成的。”老板解释说。“原来是这样啊！”“嘴里含着淡淡的苦涩，喝下后留有柔绵的醇香。你喜欢这样的感觉，就像是一种不可思议的机缘巧合，我觉得挺有意思的。”圭一先生说着，朝我眨了眨眼睛，感觉有些不太搭调。想不到这条街上这个年龄段的人，喜欢开玩笑的还真不少。洋子奶奶如此，菜店的景子阿姨亦如此。

“这么说来，圭一先生您和洋子奶奶他们很早就认识吧。”“哦，没错。我上初中的时候就和宗一郎、菜店的景子还有景子的丈夫省吾他们认识。洋子应该是他们上高中以后来的，所以稍微晚一点。”“哦，这样啊，那过去他们什么样呢？”“嗯，这个嘛……”对于我无意中提出的这个问题，圭一先生双手抱臂，眼睛失神地发起呆来。

“宗一郎应该就是现在这副样子，只不过那时年轻些罢了。一天到晚板着个脸，笨嘴拙舌的。是个清廉、耿直、顽固的人。”圭一先生兴致勃勃地说。“我觉得他确实如此。”“是吧！”总觉得宗一郎爷爷的形象很容易就能够抓住。“至于洋子嘛，你之前可能也听她本人说过一些，而她没有告诉过你的事情，我说出去的话也不太好。剩下就是……别看景子现在这副模样，过去她曾经还是田径新秀呢！”圭一先生继续说。“真的吗？”“动感十足加上妩媚可爱，听说在学校还相当受欢迎。后来不知道怎么搞的，冤家路窄地和省吾走到一块儿去了，真是出乎意料啊。”圭一先生一边咯吱咯吱挠着脸颊，一边接着说道：“不过呢，他们骨子里都没有什么变化。只是毕竟过去了四十多年，外形肯定变了，表现出的举止动作也改变了不少。可是，在助人为乐方面，他们总是毫不犹豫。这一点无论过去还是现在都没有丝毫改变。”

正如圭一先生所言，不光是洋子奶奶和宗一郎爷爷，菜店的景子阿姨和她丈夫对我这个来历不明的人也非常友善。他们这种做法并非始于昨天抑或今天，而是像刚才圭一先生所说的那样，从很早以前就开始了。可能即使我以后长大成人，也很难成为像宗一郎爷爷和洋子奶奶那样了不起的人。

“更详细的情况，我不应该再多说了。不过，我觉得你和那时候的洋子有点像。所以肯定没事儿，别担心。”圭一先生最后说。“您是指什么？”我想打破砂锅问到底，可圭一先生把食指放在嘴前，说：“早晚有一天，洋子或者宗一郎会告诉你那些事的，好好等着吧！”

3

走在通往神社院落的台阶上，听到头顶上有人说话。“回来啦！”小樱从鸟居上轻轻一跳，悄无声息地落在地上。“是的，顺便过来看看。”我轻声回应。“这就好，说明你已经多少缓过来了一些。”小樱一边上台阶，一边俯瞰着下面的街景对我说道。“我曾一度感觉整个世界失去了颜色。因为我看不到任何开心的事情，也不在乎有什么讨厌的事情。可是自从与朝雾、小樱，还有洋子奶奶、宗一郎爷爷，以及商店街的人们一起生活后，就算看到讨厌的事，我也会想去发现更多愉快、开心的事情。所以现在，从这里看到的风景是那么色彩绚丽，光彩夺目。”我百感交集。

“内心完全不依赖他人就能够独自正常度过一生的人，并不多见。这不仅限于年轻的小咲和我家主人，就连洋子夫人和宗一郎先生也是一样。”小樱说道。“小樱你也是吗？”“应该说我也不例外。我是依靠对一位亡友的记忆而活着。”小樱的朋友，难道是朝雾的母亲？但这也只是猜想。看到小樱略显孤寂的神情，我不忍心问出口。

“小咲，虽然你说要感谢所有人，可其实这次是你自己直面过去的恩怨，并果断做了了结。这一点你要充分认识到，应该引以为傲。正是因为受到你的鼓舞，我家主人才开始积极地伸出援手，助人为乐了。”“真是这样吗？”“嗯。你独自离开这里的那个夜晚，如今回想起来，简直就是一次创举。搞得我家主人冲我狠狠地狂吼了一通。”小樱仿佛回想起当晚的情景，不由得笑了起来。“到底怎么啦呀？”“你要是想知道就直接去问主人吧。那天他绝对是满脸通红，逃也似的跑出去的。”

回到神社内，正好看见在宗一郎爷爷的武馆那边，刚刚结束训练的孩子们正和朝雾嬉戏打闹。十来个孩子压在朝雾身上，朝雾整个人都被压塌了。“好啦，大家饶了我吧。喂，日野和小樱，你们救救我呀。快整死我了，真的要被压垮了。”朝雾向我们求救。“我现在可是养病之身，变形也不灵光了，你还是想办法自救吧。好啦，晚饭前我还要去檐廊睡上一觉。”说完，小樱朝屋子走去。

“喂，你这猫也太没人情了！啊，日野，麻烦你一下，能不能帮我把这些孩子搬开呀？”我没有理会朝雾的求救，而是问道：“我离开的那天晚上，你冲小樱大声喊了些什么？”“你说什么？”朝雾显得迷惑不解。“小樱说你那天说的话很有意思，让我问你。”我又追问道。“那家伙……”说着说着，眼看朝雾的脸开始变得通红。可是，因为被孩子们压着，他似乎想逃也逃不掉。

“什么意思？说的是什么呀？”“离开是指什么？”“我知道，这就叫‘感情纠葛’。”孩子们不了解事情的前因后果，你一句我一句地嚷嚷着，他们只是觉得好玩儿而已，随后把朝雾搂得更紧了。“根本不是你们说的那样！”朝雾继续和孩子们嬉戏。

看到这个情景，我忍不住笑了，回头仰望着夏末的天空。很久以来，我的世界里没有颜色，里面只有孤单的我自己。如今，这片天空下就是我的世界。无论喜爱之物抑或厌恶之物，都有色彩。在这个世界里，虽然不能对讨厌的事物视而不见，但却可以不再失去喜欢或心爱的东西。我打算今后在这里生活下去。“日野，真的快来救救我。日野？听见我说话吗？日野！”

孩子们的喧闹声和朝雾的求救声冲入云霄，消失在积雨云之中。

（终）